AF204091

Rainer Kraft

Wilhelm

1. Band aus
Jahrhundert -
Vier Generationen
in Deutschland

© Rainer Kraft
Verlag: tredition GmbH, Hamburg
ISBN: Paperback 978-3-7439-0725-6
ISBN: Hardcover 978-3-7439-0726-3
ISBN: e-Book   978-3-7439-0727-0

Bibliografische Informationen der Deutschen Nationalbibliothek: Die Deutsche Nationalbibliothek verzeichnet diese Publikation in der Deutschen Nationalbibliografie; detaillierte bibliografische Daten sind im Internet über
http://dnb.d-nb.de abrufbar

Für Eva, der Liebe meines Lebens.

Der 2. Januar 1901 war ein nasskalter Mittwoch. Im kleinen Bauerndorf Trona hatte die Hebamme des Dorfes bei der Geburt eines Jungen geholfen. Es war fast so, als hätte das Kind übereilt den Mutterleib verlassen wollen. Anna, die noch recht junge Bäuerin, sie war erst vor dem letzten Weihnachtsfest 17 Jahre alt geworden, bekam von der resoluten Geburtshelferin das Kind in die Arme gelegt. In der Stube des Bauernhauses war es warm, denn der Hausherr hatte tüchtig den Ofen geschürt und mit knorrigen Holzstücken vollgepackt. Anna hielt den Jungen fest, schaute immer wieder in sein schrumpeliges Gesicht und fragte leise, ob er denn gesund sei und alles dran wäre. „Aber ja", sagte die Hebamme, „von der Nase bis zu den Zehen ist alles da. Du wirst dich schnell erholen, denn die Geburt ging ja schneller als galoppierende Gäule."

Leise klopfte es an der Tür. „Komm ruhig herein, Ernst, Dein Sohn ist da und wartet auf dich!" Leise trat der Bauer durch die geöffnete Stubentür und ging auf Zehenspitzen zum Lager seiner jungen Frau. In zwei Schritten Entfernung blieb er stehen, sah auf Mutter und Kind und wandte sich wieder ab, um das

Zimmer zu verlassen. „Willst du den Jungen gar nicht näher sehen?" wollte Anna wissen. „Ist schon alles recht, aber jetzt muss ich die Kuh versorgen und die Schweine füttern. Ich hole noch schnell das Wasser von der Pumpe und wenn ich fertig bin, gibt es Brot und Eier. Bleibst Du noch so lange, Metha Schnell?" Die Hebamme nickte und faltete die unbenutzten Betttücher zusammen.

Nun war er also da, der erste Sohn im Bauernhaus. Für Anna, die junge Mutter, war er das schönste Kind im Dorf. Der Vater hatte in einem geflochtenen Wäschekorb ein Kinderbett hergerichtet, aber er vermied es, das Kind aufzuheben und im Arm zu halten. Was für Gedanken beschäftigten Ihn? Machte er sich Sorgen, weil das bescheidene Leben nach dem Tod seiner Eltern so beschwerlich war? Ernst musste nun alles selbst entscheiden und bestimmen, was vorher von seinem Vater geregelt wurde. Er arbeitete vom Morgengrauen bis zum Anbruch der Nacht.

Die Tage im Januar waren zwar kurz, aber so vieles musste bedacht und versorgt werden. Die einzige Kuh gab nur wenig Milch. Sie hatte im letzten Ernteherbst manchen Leiterwagen mit Kartoffeln vom Feld ziehen müssen. Und Anna konnte vor ihrer Niederkunft kaum noch mit helfen, weil häufige Schmerzen zu Ruhepausen zwangen. Wie sollte es nun weiter gehen? Wie lange würde es dauern, bis sie wieder mit anpacken konnte und ihre Arbeiten erledigte? Vielleicht konnte sie ja schon bald die Kuh melken?

Inzwischen war es Sonnabend. Anna und Ernst hatten den ganzen Freitagabend zusammen über den Jungen gesprochen. Welcher Name war wohl angebracht? Sollte er Friedrich heißen, weil der Großvater auch diesen Namen trug? Anna wollte den Jungen auf Wilhelm taufen lassen, und schließlich einigten sich die beiden auf die Taufnahmen Wilhelm Friedrich Ernst. Morgen sollte die Taufe sein, so hatte es der Pfarrer bestimmt. Napfkuchen war gebacken und fünf Hühner hatten ihr Leben lassen müssen, um die Nachbarn, alles Kleinbauern, zum Fest zu bewirten. Ernst hatte noch vier Krüge mit Bier aus dem Wirtshaus geholt.

Der Sonntag war ein trüber Tag, es war windig und in der kalten Kirche rückten alle näher zusammen. Die Pfarrfrau hatte über dem Herd das Taufwasser etwas angewärmt, aber das schien den Täufling nicht zu beeindrucken. Vielleicht war es auch schon wieder zu kalt geworden, und so ertönte schon bei den ersten Tropfen auf seinem Kopf seine kräftige Stimme. „Wenn Wilhelm so weiterbrüllt, wird er bestimmt Offizier", sagte der Pfarrer, an die Eltern gewandt.

Während der Tauffeier war das natürlich das ausführliche Gesprächsthema in der Bauernstube. Ernst protestierte leidenschaftlich, aber Anna blieb erstaunlich ruhig. Sie fand den Gedanken nicht übel, verbargen sich doch dahinter für den Jungen ungeahnte Möglichkeiten für die Zukunft.

Die Stunden vergingen im täglichen Allerlei. Die Tiere wurden versorgt, nur Ernst schaute immer sorgenvoller auf den stetig abnehmenden Heuhaufen in der kleinen Scheune. Es wurde langsam Zeit, den Tieren wieder frisches Gras zu füttern.

Wilhelm lag fast den ganzen Tag in seinem Korbbett in der Stube. Nur selten fand Anna Zeit, ihn auf den Arm zu nehmen und an das kleine Fenster zum Garten zu treten. Nur die

Stillzeiten, wenn sie ihrem Willi die Brust gab, waren die wenigen Minuten, in denen sie sich auf der Ofenbank ausruhen konnte. Annas kleine Brüste gaben erstaunlich viel Milch, so dass Willi noch nichts Zusätzliches brauchte, um satt zu werden. Die Hebamme hatte vor wenigen Tagen noch einmal nach dem rechten gesehen und war zufrieden mit Wilhelms Entwicklung.

Ernst vermied es, seinem Sohn zu nahe zu kommen. Ihn beschäftigten zu viele Fragen. Warum hatte er sich nicht beherrschen können, als er Anna vor über einem Jahr in der Scheune seines Nachbarn sah? Er hatte damals einen ausgeliehenen Lederriemen zurückgebracht und sie dabei gesehen, wie sie sich im abgegrenzten Hühnerstall über die Legenester beugte, um die frischen Eier aufzusammeln. Anna war als Magd vor knapp zwei Jahren auf den Hof gekommen. Ernst trat hinter sie, packte sie an den Hüften und zog sie zu sich heran. Während sie sich dabei aufrichtete, suchten seine Lippen schon die ihren. Als er spürte, dass sein Kuss erwidert wurde, wanderten seine Lippen zum Hals und schließlich an den Brustansatz. Langsam glitten seine Hände vom Rücken über die Schulter, um schließlich von vorn beide Brüste zu umfassen. Anna wich einen kleinen Schritt zurück, aber dann gab sie sich seinen tastenden Händen hin. Plötzlich richtete sich der junge Bauer auf, sah Anna in das gerötete Gesicht und wandte sich stumm um. Mit schnellen Schritten lief er aus der Scheune. In seinem Kopf wirbelten die Gedanken wild durcheinander. Was hatte er getan? War das richtig, sich einfach diese junge Frau zu greifen? Sollte er sich mehr zurückhalten und ihr aus dem Weg gehen? Was würde der Nachbarsbauer sagen, wenn er das erfahren sollte? Müsste Anna dann ihr Bündel packen und gehen? Aber es war doch eigentlich nur ein Kuss. Ernst grübelte die ganze Zeit, schmiedete Pläne, die er sofort wieder verwarf. Heiraten?

Erst spät am Abend trat er noch einmal auf den Hof, um die kalte Abendluft einzuatmen. Langsam ging er bis an den nahen Gartenzaun. Jetzt hatte er einen freien Blick auf das Nachbarhaus. Ernst sah das flackernde Licht einer Petroleumlaterne, die jemand in der Hand trug. Es war Anna, die zielstrebig zum nahen Misthaufen lief. Noch bevor Ernst richtig nachdenken konnte, hatte sie die Laterne abgestellt, hob den langen Rock nach oben und raffte ihn unter der Brust zusammen. Dann hockte sie sich hin und ein kräftiger

Strahl bahnte sich seinen Weg aus einem dichten Busch schwarzer Haare. So schnell wie alles begann, war es auch wieder zu Ende. Ernst stand noch immer am Zaun, als Anna schon längst im Haus verschwunden war.

Die folgenden Tage waren angefüllt mit der täglichen Hofarbeit. Es war noch einmal kalt geworden. Ein eiskalter Wind fegte schon seit über einer Woche um die Häuser. Die Stube wurde nicht mehr richtig warm, auch wenn zusätzliches Holz verfeuert wurde. Trotz aller Arbeit musste Ernst immer wieder an Anna denken. Es war ihm so, als könnte er noch immer ihre weichen Lippen spüren. Gesehen hatte er sie nicht mehr und so blieb zunächst noch die Entscheidung aufgeschoben, wie er ihr begegnen sollte. Er wollte sie eigentlich fragen, ob sie zu ihm auf den Hof kommen würde. Aber was hatte er als junger Kleinbauer schon zu bieten? Wie sollte das überhaupt gehen, mit all der Arbeit und den viel zu geringen Erträgen?

Die Sonne schien schon recht kräftig, jetzt, Anfang März. Ernst hatte noch einiges auf dem Hof auszubessern. Einem Rechen fehlten

mehrere Zinken, die er passgerecht nach-
schnitzen und einsetzen musste. Am Brunnen-
rand im Hof waren zwei Steine aus der gemauerten Rundung ausgebrochen. Der im
Winter deutlich angewachsene Misthaufen
musste endlich über die Felder verstreut werden. Die immer länger werdenden Tage brachten auch mehr Arbeit mit sich. Wenn es dann
dunkel wurde, war Ernst so müde, dass er sich
nur die Hände wusch, um noch schnell ein
Stück Brot zu essen. Dann legte er sich in sein
altes Kastenbett. Jeden Abend nahm er sich
dabei vor, bestimmt am nächsten Tag das
Stroh aus dem Bett zu nehmen und neues auf
die Bodenbretter zu legen. Aber der Schlaf
kam wie immer so schnell, dass er alle Gedanken darüber auslöschte.

Ein lauter Pfiff riss Ernst aus dem Schlaf. Was
gab es denn so früh? Er stand auf, streifte sich
die Hose über und stieg in die ausgetretenen
Holzpantoffeln. Dann ging er aus dem Haus
und sah sich um. Der Nachbar winkte ihm zu
und rief: „Wir fahren dann mal. Bis übermorgen! Anna wird sich um alles kümmern, aber
sieh mal nach dem Rechten, wenn wir nicht da
sind." Dann fuhren er und die Bäuerin mit
dem Pferdegespann los.

Ernst wandte sich wieder dem Haus zu. Er wollte erst etwas essen, bevor seine Arbeit ihn forderte. Später am Abend erinnerte er sich an die Worte des Nachbarn. Ob Anna wohl alles richtig gemacht hatte? Er musste unbedingt nach ihr sehen. Aber eigentlich ging es ihm nicht um die tägliche Arbeit. Vielmehr schlug sein Herz in einem Takt der bis in die Ohren hinein immer wieder „An – na" klopfte.

Mit schnellen Schritten war er den Zaun entlang bis zum Hoftor des Nachbarn gelaufen. Laut klopfte er gegen die Haustür und trat ohne zu zögern ein. Mit wenigen Schritten den Hausflur durchquerend, betrat er nun die Küche. Anna stand vor ihm, und dann zeichnete sich ein Lächeln auf ihrem schönen Gesicht ab. Ohne zu zögern kam sie auf Ernst zu, legte ihre Arme um den Hals des wie erstarrten jungen Mannes und küsste ihn auf den Mund. Erst jetzt schien wieder Leben in den Bauern zu kommen. Er erwiderte den Kuss, dabei seine Zunge vorsichtig zwischen ihre weichen Lippen schiebend. Anna schien daran Freude zu haben, denn ihre Umarmung wurde immer fester.

Wie alles weitere geschah, blieb für die beiden wie von Nebel umhüllt. Erst als sich Ernst erhob und Anna frei gab, sah er ihre Brüste und ihren dicht bewachsenen Schoss. Sie hatte die Beine noch etwas gespreizt. Was habe ich getan, schoss es durch seinen Kopf. Was wird das noch werden? Anna setzte sich auf, denn sie hatten sich auf den harten Dielenbrettern der Küche geliebt. Lange sah sie in das Gesicht des Mannes, den sie schon seit ihrer ersten Begegnung begehrt hatte. Ernst wandte sich ab und trat zur Tür. Noch einmal drehte er sich um, sah auf die nackte junge Frau und sagte: „Komm auf meinen Hof. Wir gehören zusammen."

Das war nun neun Monate her. Viel Aufregung herrschte, als Annas Schwangerschaft sichtbarer wurde. Sie hatte wie immer ihre Arbeiten gemacht, aber der dicker werdende Bauch bereitete ihr einige Mühe. Lautstark hatte der Bauer geflucht, als seine Frau ihm von der Vermutung erzählte, Anna sei in anderen Umständen.

Der Pfarrer bestellte die Sünder, so nannte er die beiden, ins Pfarrhaus. Seine Frau hatte Tee gebrüht und in drei zierlichen Porzellantassen auf den Tisch gestellt. Dann verließ sie das Arbeitszimmer. Es war eine gehörige Bußpredigt, die nun auf die beiden niederprasselte. Der Pfarrer mahnte und drohte, sprach von Sünde und Teufelswerk, beschimpfte die jungen Leute als Rammler, schlimmer als Karnickel. Dann stand er von seinem Stuhl auf, sah von oben auf die beiden herab, die mit gesenktem Kopf vor ihm saßen. „Ihr heiratet am 9. September!", donnerte er auf sie herab. Dann zog er sie von den Stühlen und schob sie eilig aus der Tür. Es war der frische Kaffeeduft, der nun seine Aufmerksamkeit forderte.

Im letzten Jahr hatte es kurz vor Weihnachten Schnee gegeben. In der Kirche erzählte man sich von den Flugversuchen einiger Verrückter in Amerika. Sogar der Pfarrer sah sich genötigt, in seiner Predigt diese Dummheiten zu verurteilen. Er war sich nicht sicher, ob es in unserem guten deutschen Land auch solchen Spinner geben könnte. Wieso sollte ein Mensch auch fliegen. Hätte Gott das so gewollt, dann hätten wir alle auch Flügel. Aber das ist ja zum Glück, so meinte er, den Engeln vorbehalten.

Schnell war aber wieder Ruhe im Dorf eingekehrt. Es gab ja genug anderes zu besprechen. Da war vor allem die Rede von dem Reichen, seinen Namen wusste man noch nicht, der am Ortsrand ein großes Feld vom Fiedler-Bauer abgekauft hatte. Von viel Geld war da die Rede. Jeder, der von diesem Landkauf erzählte, schien der einzige Experte in Finanzfragen zu sein. Und so schaukelte sich der Kaufbetrag bei jedem neuen Erzählen in schier ungeahnte Höhen. Aber jetzt bestimmte noch immer die Winterruhe das Geschehen und auch Gerede im Dorf.

Die Stube war wohlig warm, der dreijährige Wilhelm stand vor seiner Mutter und wartete, dass sie ihm endlich die bunte Zuckerstange geben würde. Was Geburtstag bedeutet, konnte er noch nicht verstehen. Aber es musste etwas besonderes sein, denn es gab sonst nie so eine herrliche Süßigkeit.

Willi, so wurde er von seinen Eltern und allen Nachbarn genannt, war ein lebhafter kleiner Junge. Mit seinen kleinen Händen versuchte er alles zu ertasten und festzuhalten. Erst kürzlich hatte er im Stall zwischen den beiden Kühen gestanden, die ihn gleichmütig kauend nur kurz angesehen hatten. Zur alten Henni war vor gut einem Jahr noch Loni dazugekommen. Willi hatte an das Euter der jüngeren Loni gegriffen, wahrscheinlich um es seiner Mutter gleichzutun, der er beim Melken gern zusah. Bisher hielt er zwar immer respektvoll Abstand, aber jetzt wollte er es ausprobieren. Die Kuh reagierte mit einem Anheben ihres Beines um die kleine Hand abzustreifen. Dann trat sie kräftig zu. Ein rasender Schmerz verbreitete sich vom Fuß des kleinen Willi bis in die entferntesten Haarspitzen. Nach mehreren Sekunden Verzögerung brüllte er laut los. Da erfasste eine kräftige Hand den Jungen am Oberarm und zog ihn in die Höhe. Nun saß er, noch immer laut brüllend, in den starken Armen seines Vaters. Der eilte mit dem Jungen aus dem Stall und über den Flur in die Küche. Dort stand die Mutter mit weit aufgerissenen Augen und nahm das schreiende Bündel in ihre Arme. Die Wärme der Mutter und ihre leisen tröstenden Worte beruhigten das Kind. Dann sah sie sich den in Mitleidenschaft gezogenen kleinen Fuß an, der über und über mit Dreck und Blut beschmiert war. Mit Lappen, Wasser und immer wieder gut Zureden gelang es ihr, die wirklichen Ausmaße des Unglückes freizulegen. Sichtbar wurden nun eine Platzwunde auf dem Fußrücken und eine erhebliche Schwellung bis zum

Zehenansatz. Der Vater kam noch einmal in die Küche, besah sich den kleinen Fuß und sagte nur: „Nun weist du´s. Also bleib weg von den Kühen." Er wandte sich der großen Emaillekanne zu, die mit lauwarmem Malzkaffee gefüllt war, goss sich seinen Blechtopf voll, ergriff den Henkel und trank in großen Zügen. Dann ging er wieder zu seiner Arbeit. Das also war die erste schmerzhafte Begegnung mit der viel größeren Kuh.

Aber heute war das fast vergessen, denn die Zuckerstange überdeckte mit ihrem Wohlgenuss alle Erinnerungen und alles bisher da gewesene. Die Nachbarn waren zum Kaffe gekommen. Sie hatten im Korb einen herrlich duftenden Kranzkuchen mitgebracht. Das war ein besonderer Tag, das spürte Willi.

Viel zu schnell war der Nachmittag vergangen. Es wurde dunkel und die Mutter musste sich beeilen, um die beiden Kühe noch zu melken. Für Willi gab es auf dem Tisch eine große Menge Holzbausteine. In unterschiedlichen Größen und Formen hatte der Vater diese im letzten Jahr aus gut getrocknetem Holz gesägt und bearbeitet. Willi stand auf der Ofenbank, vor sich auf dem Tisch lagen die vielen Bausteine. Er konnte sich, so stehend, gut darüber beugen. Der Turm, den er aufschichtete, wurde immer höher. Willi musste sich strecken, um die Spitze zu erreichen, aber plötzlich stürzte alles ein. Laut polternd fielen drei Bausteine unter den Tisch. Der Junge kletterte hinunter, kroch unter den Tisch und hielt bald alle drei mit seinen kleinen Händen vor der Brust fest. Hier unten war es schummrig, aber auch unsagbar interessant. Da lag sogar etwas Helles unter der Ofenbank. Willi lies die Bausteine achtlos auf den Boden fallen. Dann ging er, oder besser gesagt kroch er, unter dem Tisch entlang bis unter die Bank. Da zeigte es sich, dieses Ding. Es war ein heruntergefallener Würfelzucker. Für Willi eine willkommene Leckerei, die sofort in seinem Mund verschwand. Leider wurde der Genuss von einigen längeren Haaren geschmälert. Es dauerte eine ganze Weile, bis Willi seinen kleinen Mund haarfrei hatte. Das war ja auch schwierig genug, wenn man, aus Furcht, den Zuckerbrei zu verlieren, im Mund nur eingeschränkt herumfingern kann. Immer noch saß er mitten unter dem Tisch, seiner kleinen Insel der Glückseligkeit.

Die Tage vergingen für Willi, ohne dass er vom Geschehen um sich herum im Dorf oder gar von der entfernten großen Stadt irgendetwas mitbekommen hätte. Mit Vorliebe schichtete er jetzt seine Holzbausteine unter dem Tisch übereinander. Mit Neugier beobachtete er die Füße, die sich kurz vor dem Mittagessen in sein kleines Reich schoben. Dann wurde seitlich der Kopf des Vaters sichtbar, der den Jungen mit einer Hand ergreifen und unter dem Tisch hervor ziehen wollte. Es war ein tolles Spiel, der Hand auszuweichen. Wenn aber von oben dann ein „Wilhelm" ertönte, war es ratsam, sofort die Deckung zu verlassen und sich an den Tisch zu setzen.

Vater und Sohn waren sich wenig ähnlich. Was Willi an Temperament hatte, ein Erbe der Mutter, war bei Ernst die bedächtige Ruhe. Ihn konnte nicht so schnell etwas aus der Fassung bringen. Und doch hatte es eine Situation gegeben, in der Ernst kräftig auf den Hintern seines Sohnes mit der rechten Handfläche geschlagen hatte.

Es trug sich so zu: Willi wurde für seinen Mittagsschlaf in das Bett der Eltern gelegt. Es war groß, mit riesigen dicken Federbetten, so dass nur noch die Haare des Kleinen zu sehen waren. Auf ein Nachthemd wurde unter diesem weichen Berg verzichtet.

Es war ein trüber Vormittag, und der Vater plagte sich schon seit dem Morgen mit Zahnschmerzen. Er war noch schweigsamer, als sonst. Nach dem Mittagessen, der Vater hatte nur wenig gegessen, wollte er sich mit seinem Jungen zur Mittagsruhe hinlegen. Vielleicht ließen ja auch die Schmerzen etwas nach... Der Vater zog seine Hose aus, streifte das Hemd über den Kopf und saß nun, angetan mit seinem Unterhemd mit fest angearbeiteter Unterhose, die am Gesäß einen aufknöpfbaren Latz hatte, auf der Bettkante. Mit einem Aufstöhnen legte er sich hin. Die Schmerzen schienen ihm sehr zu schaffen zu machen. So lagen die beiden nun, Rücken an Rücken, in dem großen Ehebett. Willi schlief schnell ein. Aber durch die unruhigen Bewegungen des Vaters war er bald wieder wach, vielleicht aber auch, weil es ihm ziemlich mulmig im Bauchbereich war. Aufzustehen traute er sich nicht, also verhielt er sich so still wie möglich. Doch dann überkam es ihn. Mit Gewalt drängte sein Darminhalt ins Freie. Er lag noch immer Rücken an Rücken mit dem Vater, als sich ein ziemlich dünnflüssiger Schwall zwischen die Beiden ergoss. „Was machst Du denn!" schrie der Vater auf, bevor er aufsprang und das braun gefärbte Bett verließ.

Willi lag erschrocken und bewegungslos noch immer in dem Chaos. Erst seine Mutter erlöste ihn aus seiner misslichen Lage. Sie trug ihren Jungen in die Küche, dann nahm sie die weiße Emailleschüssel vom Tisch, die eigentlich zum Geschirrspülen benutzt wurde, und stellte diese auf den Fußboden, mitten in die Küche. Willi wurde in die Schüssel gesetzt, nur damit sich nicht noch mehr unkontrollierte Verschmutzungen ausbreiteten. Dann ging sie erst einmal in das Schlafzimmer, um die Betten abzuziehen. Die Feuchtigkeit hatte schon durchgeschlagen, und so wurden die Einzelteile am geöffneten Fenster zum auslüften und trocknen aufgestellt.

Inzwischen hatte der Vater mit genügend Wasser aus der Pumpe seine am Körper klebende Unterwäsche abgewaschen. Dann zog er sich aus, holte sich aus dem Wäscheschrank in der Stube ein neues Unterhemd, wie üblich mit langen Ärmeln und mindestens bis in die Kniekehle reichend. Bevor er in seine Hose fuhr, zog er die unteren Enden des Hemdes zwischen die Beine, sodass mit diesem einen

Kleidungsstück mindestens zwei Funktionen erfüllt waren. Frisch gereinigt, mit noch immer heftigen Zahnschmerzen aber auch einer gehörigen Portion Zorn, betrat der Vater die Küche. Auf dem Fußboden stand ja die Abwaschschüssel und darin sitzend der kleine stinkende Willi. Der Vater ging auf ihn zu, packte ihn im Genick, zog ihn nach oben und platzierte ihn auf seinem rechten Oberschenkel, den er zum Abstützen etwas nach oben gehoben hatte. Dann klatschte die linke Hand auf den Po des Jungen. Die zwei Handschläge entlockten Willi keinen Ton. Das hatte er noch nie erlebt, dass Vater ihn so behandelt. Der ging, nachdem er Willi wieder in der Schüssel abgesetzt hatte, noch einmal in den Hof und wusch sich an der Pumpe die eben benutzte Hand.

Vater kam erst sehr spät am Abend nach Hause. Willi schlief schon, auch diesen Tag bald vergessend. Nur Anna, war noch wach. Sie hatte auf ihren Ernst gewartet. Als er in die Küche kam, roch sie, wo er den Abend verbracht hatte. Vor seinem Kneipengang hatte er aber noch den Zahnarzt aufgesucht, der den quälenden Bösewicht entfernte. Anna brachte ihren Mann ins frisch bezogene und gelüftete Bett, strich ihm noch einmal liebevoll über den Kopf und gab ihm einen Kuss auf den Mund.

Das hatte sie lange nicht mehr gemacht. Der Alltag hatte vieles verdrängt und vergessen lassen, was ihr einmal wichtig war.

Wieder wurde Geburtstag gefeiert. Der 2. Januar 1906 fiel auf einen Dienstag. Gerade erst war Weihnachten vorbei. Noch am Silvesterabend saßen Ernst und Anna mit ihren Nachbarn zusammen. Sie sprachen darüber, dass der Kaiser Wilhelm II, Marokko besucht hatte. Natürlich musste das sein, um den Franzosen klar zu machen, wer das Sagen in der Welt hätte. Hans, der Nachbar, fragte Ernst: „Hast Du schon mal von Berta von Suttner gehört?" „Wer soll denn das sein?" „Na die ist aus Österreich, und die hat den Friedensnobelpreis bekommen." „Kenn´ ich nicht. Aber sag mal, der Fabrikant oben auf der Fiedler-Ecke hat ja mit Bauen begonnen. Sie sagen, dort wird eine Handschuhfabrik gebaut. Was wird das denn hier bringen? Kannst Du Dir vorstellen, Handschuhe zum Arbeiten zu tragen? Na vielleicht gefällt das den Kühen beim Melken."

Aber zurück zum Geburtstag von Willi. Er feierte nun seinen fünften Geburtstag. Einen Tag vorher hatte die Mutter noch gefragt, was er sich denn wünschen würde. „Ich wünsche mir ein Pferd und darauf einen Reiter, einen Soldatenreiter in Uniform." „Wie kommst Du denn auf so was?" fragte die Mutter ganz erstaunt. „Na der Heinz von Onkel Hans hat zwei solche Pferde mit Soldaten. Der wird bestimmt ein richtiger Reiter. Wir haben ja nur Kühe..." Mutter und Sohn schwiegen, aber jeder hing seinen Gedanken nach. Willi sah nur das Bild eines stolzen Reiters vor sich, aber die Mutter bewegten ganz andere Fragen. Würde ihr Willi sein Glück finden? Vielleicht könnte er ja wirklich etwas lernen und in der Stadt leben. Das harte Leben als Kleinbauer wünschte sie ihm am wenigsten.

Dann war der Geburtstag da. Es gab Kuchen, für die Nachbarn sogar richtigen Kaffee und für Willi ein eingewickeltes Geschenk. Mehrere Schichten Papier lagen übereinander und verbargen die Form des Inhalts. Willi entblätterte eine Lage nach der anderen. Und dann lag das Geschenk vor ihm. Es war ein Holzpferd mit echten Haaren als Mähne. Dazu noch ein Leiterwagen, beladen mit einer rotweißen Zuckerstange. Willi wusste nicht, ob er sich freuen oder enttäuscht sein sollte. Es war ja wirklich ein schönes Geschenk – aber eben doch kein Soldat.

Die Zeit verging oft wie im Flug. Es war das letzte Jahr, bevor es zur Schule ging. Willi war ein lebhafter Junge, der immer wieder auf Entdeckungen ging, um den Alltag zu begreifen. Ja, begreifen im wörtlichen Sinne. Er hatte herausgefunden, dass sich Kuhscheiße anders anfühlt, als die von Schafen.

Ach ja, Schafe gab es ja jetzt auch auf dem Hof. Für die war Willi zuständig. Er führte sie ab dem Frühjahr täglich in den Garten. Dort gab es Eisenstangen von etwa 1 Meter Höhe. Die wurden vom Vater mit einem überaus großen Hammer in den Boden mitten auf der Wiese geschlagen. Dann bekam das Schaf einen Ledergurt um den Hals gebunden. Am Halsgurt befand sich ein Eisenring, an dem das Ende einer Eisenkette fest gemacht wurde, die wiederum wurde mit einer Öse an der Stange befestigt. So konnte das Schaf im Kreis, den die Länge der Kette diktierte, das Gras abfressen. Das sah nicht nur lustig aus, sondern dort fand Willi auch die ... (na, sie wissen schon) für seine Versuche. Die konnte man recht gut drücken und formen, vor allem waren sie gut geeignet, um als Wurfgeschosse zu dienen.

Wurfgeschosse, das war etwas ganz neues, was Willi vom Sohn des neuen Fabrikanten gelernt hatte. Auf einer Entdeckungstour auf dem neuen Fabrikgelände war ihm ein achtjähriger Junge aufgefallen. Der trug eine lange Hose, hatte ein Hemd und eine Jacke darüber und schwarze Schnürstiefel an. Willi wollte unbedingt wissen, wer das sei, und so hatte der andere sich als Aaron vorgestellt. Dieser Aaron nun kannte sich bestens aus mit dem Bau von Katapulten. Das war für Willi wie der Eintritt in eine andere, faszinierende Welt. Unter der Matratze in seinem Schlafzimmer lag inzwischen auch ein solches Ding. Damit ließen sich nun besonders gut die Schafsausscheidungen verschießen. Wenn man sie vorher noch etwas anfeuchtet, zur Not auch mit der Zunge, klebten die prima an der Hauswand.

Für Willi bestand die Welt aus allem, was der kleine Hof hergab. Die Kühe gaben ihre Milch, außer bei Henni wurde es zunehmend weniger. Dafür war Loni noch einmal trächtig und hatte ein gesundes Kalb geboren. Willi hatte zugeschaut, als der Bulle auf Loni stieg. Beim ersten Mal hatte es nicht funktioniert, und so musste sich der Knecht vom Fiedler-Bauern noch einmal auf den Weg mit dem Bullen machen, um Loni zu decken. Als dann das Kalb geboren wurde, schlief Willi bereits. Seine Enttäuschung, nun etwas Wichtiges verpasst zu haben, war am Morgen riesig groß. Als er aber im Stall dann das muntere Kälbchen sah, war alles vergessen.

Der Einschulungstag im Folgejahr rückte immer näher. Willi war aufgeregt und gespannt auf das Neue, was nun kommen würde. Immer wieder fragte er seine Mutter, wann und wie das sein würde, ob er dann auch gleich lesen könne. Was es mit dem Zuckertütenbaum auf sich hätte und ob denn auch Aaron mit zur Schule kommen würde. Die beiden Jungen hatten sich, trotz des Altersunterschiedes von drei Jahren, sofort gut verstanden. Aaron war einfühlsamer, als Heinz vom Nachbarhof.

Mitten im Sommer, die Getreideernte war in vollem Gange, kam Aaron auf den Hof. Sein Klopfen an der Haustür wurde zunächst nicht bemerkt. Alle waren irgendwie beschäftigt. Willi hatte sich im Garten auf einem knorrigen Apfelbaum verkrochen. Als er Aaron sah, der sich schon wieder zum Gehen anschickte, rief er seinen Freund zu und sprang behände vom Baum. „Ich habe hier eine Einladungskarte zu meinem Geburtstag. Kommst du?" „Klar komme ich, ich freue mich, danke!" Am Abend gab Willi die Einladung seiner Mutter. Er konnte ja noch nicht lesen, und so las sie ihm vor: „Lieber Wilhelm, ich lade Dich zu meiner Geburtstagsfeier am Sonntag, den 11. August, ein. Dein Freund Aaron." „Und was schenke ich ihm? Ich habe doch gar keine Zuckerstange." „Ach Willi, dafür sind die Himbeeren und Brombeeren reif, und davon nimmst Du eine große Schüssel mit."

Endlich war es Sonntag, und der Geburtstagsbesuch versetzte Willi in eine aufgeregte Stimmung. Die Beeren standen bereit, mit einer kleinen weißen Heckenrose geschmückt, und Willi hatte seine beste Hose an. Immer wieder fragte er seine Mutter, ob er schon losgehen könne. Drei Mal konnte sie ihn noch vertrösten und zurückhalten, aber dann war es endlich soweit. Willi nahm sein Geschenk un-

ter den linken Arm. Es war eine größere Holz-
stiege, angefüllt mit den frisch geernteten Beeren. Den Feldweg entlang hätte Willi das
Wohnhaus seines Freundes in höchstens zehn
Minuten erreicht. Aber es gab ja auch die Ab-
kürzung über die Felder. Willi hatte nicht bedacht, dass ein Feld in der Sommerwärme sehr
staubig ist. Jeder Schritt durch die Furchen
wirbelte eine kleine Staubfontäne auf. Die
Sonne tat noch ein Übriges. Der Schweiß floss
über die Stirn, rann hinter den Ohren am Hals
entlang und schuf so eine nicht zu übersehen-
de Patina im Jungengesicht. Aber da, was bewegte sich da auf dem Feld? Das sah ja aus,
wie ein Hamster. Und richtig! Das wäre noch
ein perfekteres Geschenk, als die Beeren, dachte Willi. Mit Schwung warf er sich in die Fur-
che, in der er das Tier entdeckt hatte. Nur leider vergaß er, sich vorher von der Last der
Beerenstiege zu befreien. Also landete Willi
nicht auf dem Hamster, sondern ganz unschön
mitten in den Früchten. Der Brei, den er mit
seinem Sturz erzeugte, färbte sofort sein frisch
gewaschenes Hemd. Der Hamster war längst
verschwunden, und Willi, nur wenige Meter
vom Geburtstag entfernt, wusste nicht, was
jetzt zu tun sei. Tränen rannen über sein Gesicht. Warum musste so etwas auch passieren?

Mit seinem großen Kummer im Herzen wandte er sich trotzdem der Geburtstagfeier und damit seinem neuen Freund zu. Der musste zuerst über Willis Aussehen lachen, aber dann nahm er ihn mit zu seiner Mutter. Die saß in einem üppig mit Blumen und Blattpflanzen ausgestatteten Raum. So etwas Schönes hatte Willi noch nie gesehen. Große Glasfenster ließen Licht in den Blumenraum. Erst sehr viel später erfuhr er, dass das Zimmer Wintergarten hieß. „Komm Willi, zieh deine Sachen aus und nimm eine Hose von Aaron. Setz dich hier in diesen Lehnstuhl." Dann rief sie eine Hausangestellte, übergab ihr die beschmutzten Kleidungsstücke und beauftragte sie mit der Reinigung. Aaron stand die ganze Zeit neben Willi. Er setzte sich endlich in den rechts stehenden, freien Korbsessel. „Ach weißt du, Willi, mit meinen doofen Cousinen und Cousins will ich gar nicht feiern. Die beschäftigen sich mit allen meinen Spielsachen. Ich bleib´ bei dir und wir trinken hier unseren Kakao und essen Kuchen. Was möchtest du, braunen Schokoladenkuchen oder gelben mit Vanille?"

Es wurde ein unvergesslicher Nachmittag. Aaron hatte aus einem Buch vorgelesen, während Willi sich förmlich über den Kuchen und

Kakao stürzte. So tolle Sachen kannte er noch nicht.

Als die Wäsche sauber und trocken war, begleitete Aaron seinen müden Freund Willi nach Hause.

War das ein Fest, die Einschulung am Sommerende. Willi hatte eine Zuckertüte, fast genau so groß, wie die vom Hans. Das beste aber war, dass drei, ja wirklich: drei! Zuckerstangen darin waren. Und dann, ganz unten und extra eingewickelt, gab es eine Soldaten mit geschultertem Gewehr. Der sah einfach perfekt aus, in seinem dunkelblauen Waffenrock mit den roten Umschlägen und Kragenspiegeln. Auf dem Kopf trug er die typische Pickelhaube. So konnte man dem Kaiser und dem Vaterland dienen.

Die kleine Tafel unter dem linken Arm und den dunkelbraunen Lederranzen geschultert, begann der erste Schultag. Willi traf sich mit Heinz, dem Nachbarsjungen, und beide gingen voller Stolz zum kleinen Schulhaus. Vor der Tür stand der Lehrer, der alle seine Schützlinge erwartete. Gemeinsam ging es nun über die große Treppe in den ersten Stock. Das erste Zimmer gleich rechts neben dem Aufgang war das Ziel der kleinen Schar. Der Lehrer wies jedem Kind seinen Platz in den Zweierbänken zu, und so saß Willi nicht wie gehofft neben Heinz, sondern an der Seite eines Mädchens. Als alle saßen, forderte der Lehrer die aufgeregten Kinder auf, einzeln aufzustehen und den Namen zu sagen. Als Willi an der Reihe war, stand er auf, machte einen Diener und sagt laut: "Willi". Alle lachten über seine Verrenkung. Aber da stand auch schon seine Schulbanknachbarin neben ihm und sagte leise: „Inge"

Der erste Schultag verging viel zu schnell. Alle übten das Aufstehen und neben die Bank treten, das Hinsetzen auf Kommando, das gemeinsam gesprochene „guten Morgen, Herr Lehrer" und noch andere wichtige Regeln, die eben zum Schulalltag gehörten. Nach vier Schulstunden konnten die Erstklässler endlich nach Hause. Willi war randvoll mit Neuigkeiten und sein kleiner Kopf hatte Mühe, alles zu sortieren. Kaum zu Hause angekommen, sprudelten die heutigen Erlebnisse aus seinem Mund. „"Ja, ja", sagte der Vater. „Jetzt setz dich her, erst wird gegessen."

Die Mutter hatte Pellkartoffeln gekocht und schon geschält. Sie dampften noch und verbreiteten einen süßlich-herben Duft. Dazu gab es frischen Quark mit ein paar Tropfen Leinöl. Willi langte kräftig zu, aber immer wieder setzte er zum Reden an. „Jetzt ist es genug,“ sagte die Mutter und schob die Schüssel mit dem Quark zu Willis Teller. „Iss jetzt. Wir müssen noch auf das Feld. Die letzten Kartoffeln müssen gelesen werden.“

Es wurde noch ein langer und mühsamer Nachmittag. Das ständige Bücken und Kartoffeln aufsammeln hatte bei Willi deutliche Spuren hinterlassen Er konnte beim Abendessen kaum noch seine Augen aufhalten. Und so war es kein Wunder, dass er, kaum im Bett liegend, tief und fest einschlief.

Der neue Tag brachte leichten Regen, und so liefen die Kinder, die Pfützen überspringend, schnell zum Schulhaus. Gemeinsam beschrieben alle ihre kleinen Schiefertafeln. Eine Zuckertüte auf dem Kopf, ausgestattet mit einem Querstrich, das war also das „A“. nun sollten sie überlegen, welche Dinge mit „A“ beginnen. Wild durcheinander wurden die Worte gerufen. Als dann aber auch noch

„Arsch" ertönte, rief der Lehrer seine Klasse zur Ordnung.

So vergingen die Schultage immer im gleichen Tagesablauf. Willi hatte sich damit abgefunden, dass eben nicht alles schön und lustig war. Mit Inge hatte er noch kein Wort gewechselt. Sie war genau so schweigsam, wie die anderen drei Mädchen der kleinen Klasse.

Der Sonntag ohne Schule verging viel zu schnell. Willi übte am Küchentisch auf der Schiefertafel die ersten Buchstaben. Dann versorgte er die Schafe und half der Mutter nach dem Melken die Milch in die Kühlkammer zu tragen.

Die Kühlkammer war ein kleiner und feuchter Raum. Ein großer Steinbottich, ähnlich einer übergroßen Badewanne, wurde mehrmals am Tag mit frischem Brunnenwasser gefüllt. Dieser Steintrog hatte einen Ablauf, der von der Oberkante in eine Steinrinne führte. So lief alles überschüssige Wasser einfach ab und floss durch eine kleine gemauerte Öffnung der Wand in den Garten. Im kalten Wasser standen zwei gefüllte Milchkannen. Neben dem Wasserbecken waren zwei arg zerbeulte Blechkannen zum Austropfen umgekehrt angelehnt. Auch das Butterfass, ein schmaler hölzerner Behälter, befand sich in einer Ecke der Kühlkammer. Der abgeschöpfte Rahm der gut gekühlten Milch wurde in das Fass gegeben, und dann bewegte die Mutter den Holzstempel immer auf und ab, bis sich die Butter absetzte. Willi hatte es auch probieren wollen, aber schnell wieder aufgegeben. Seine Arme schmerzten noch lange nach seinem kläglichen Versuch, zu buttern.

Nun war es wieder Montag. Auf dem Weg zur Schule rätselten Willi und Heinz, was es wohl Neues zu lernen geben würde. Sie sollten, so war es vom Lehrer angekündigt, das erste Mal eine Fibel zum Lesen bekommen. Das versprach, spannend zu werden. Nach und nach kamen alle Kinder der ersten Klasse auf den Schulhof, um dort auf den Lehrer zu warten. Inge hatte sich neben Willi gestellt und hielt ihm wortlos einen Apfel entgegen. Er nahm ihn, schaute ihr in die Augen und bedankte sich. Seine wenigen Worte wirkten wie ein Dammbruch, denn Inge redete und redete. Sie berichtete von ihrem Zuhause, erzählte von der Katze, und immer wieder stellte sie Fragen, die Willi gar nicht beantworten konnte, weil sie ja ununterbrochen selbst sprach. Als endlich der Lehrer kam, verstummte der Wortschwall und Willi atmete tief durch.

Der Schultag verlief ganz anders, als er es sich ausgemalt hatte. Er hatte kaum noch Interesse an der Schule, und das Lernen schien ihm zu mühsam zu sein. Dazu kam noch, dass es eine Strafe des Lehrers gab. Einem Mädchen war ein Apfel abhanden gekommen. Alle suchten im Klassenraum, bis einer einen Apfelgriebsch im Papierkorb entdeckte. Wer hatte so dreist Mundraub begangen? Schnell war das herausgefunden und der Apfeldieb musste an den Lehrertisch kommen. Der Lehrer befahl, beide Hände nach vorn auszustrecken, und dann schlug er mit seinem Rohrstock einmal auf jeden Handrücken. Bei beiden Schlägen duckten sich alle Kinder im Klassenraum. Jeder war froh, nicht da stehen zu müssen, aber alle wussten, dass es auch sie einmal so treffen könnte.

Inge war schon ganz in Ordnung, fand Willi. Sie hatte ihre langen Haare wieder zu zwei Zöpfen geflochten. Über ihrem Kleid trug sie noch eine Schürze, mit einer aufgenähten Tasche am Bauch. Diese Tasche entpuppte sich als geheimnisvolles Schatzkämmerchen, denn zwei Zuckerstücke, fein in Papier eingewickelt, waren darin verborgen. Bereitwillig gab sie eines der begehrten Objekte an Willi ab, bevor das zweite in ihrem Mund verschwand. Solche besonderen Ereignisse versüßten im wahrsten Sinne des Wortes den sonst eher tristen Schulalltag.

Es war inzwischen Sommer im Jahr 1908. Im Dorf war die Rede von einem Kaffeefiltriersystem für besonders wohlschmeckenden Kaffeegenuss. In Aarons Elternhaus hatte diese Neuerung Einzug gehalten. Die Familie Schreiter konnte sich eben alles leisten. Der Pfarrer hatte im Wirtshaus aus der Zeitung vorgelesen. Dort wurde über eine Frau Melitta Benz berichtet, die für genau so ein System vom Kaiserlichen Patentamt den Patentschutz erhalten hatte.

Sehr schnell waren die Gespräche aber zu den wichtigeren Dorfthemen zurückgekehrt. Kaffee gab es ohnehin nur an Festtagen oder zu besonderen Familienfeiern. Und da reichte es aus, den gemahlenen Kaffe in der Kanne mit heißem Wasser zu übergießen.

Willi und Aaron trafen sich, so oft das möglich war. Der Fabrikantensohn ging in eine andere Schule in der nahen Kleinstadt.

Willi hatte auf dem Hof wie immer viel Arbeit. Der Vater übertrug ihm jetzt schon Aufgaben, für die er bisher zu klein war. Im Frühjahr musste er bei den Feldarbeiten die beiden Kühe anführen. Es war besonders schwierig, wenn Henni und Loni einfach stehen blieben. Willi hatte geschimpft und an den Lederriemen gezerrt. Aber es ging keinen Schritt nach vorn. Gutes Zureden, locken mit dem Versprechen auf eine Extraportion Heu und auch schieben von hinten setzten die Kühe nicht in Bewegung. Zornig hatte Willi seine Hand gehoben und schlug auf Lonis Hals. „Nein!" rief der Vater, noch immer den Pflug in der Hand. „Geschlagen wird nicht! Die geben uns alles, was wir brauchen." Dann kam er nach vorn an das Gespann und strich Henni und Loni über die Vorderseite des Kopfes. „Ihr habt Durst und müsst saufen. Willi, hol einen Eimer mit Wasser." Das Feld lag unmittelbar am Hof, und so gab es bald frisches Brunnenwasser für die Kühe.

Willi hatte wieder dazugelernt. Er wusste, dass der Vater nur selten die Hand erhob und schlug. Da war es bei der Mutter anders. Von ihr konnte man schnell einen Klaps hinter die Ohren bekommen.

Die Sommerhitze flimmerte über den Getreidefeldern. Den Männern, die ihre Sensen schwangen, um die Ernte einzubringen, lief der Schweiß über die nackten Oberkörper. Alle waren oben kräftig gebräunt, wenn sie aber ihre Hosen auszogen, kamen weise Beine zum Vorschein. An die Hautfarbe verschwendete aber niemand einen Gedanken. Hier musste schnell gearbeitet werden, denn es war nicht sicher, wie lange das Wetter so beständig blieb. Die Frauen banden im Rücken der Männer die Garben und stellten sie auf. Noch viel Arbeit wartete auf die Bauern. Nach dem Einbringen der Ernte mussten dann die Ähren auf den Halmen der Garben mit dem Dreschflegel ausgedroschen werden.

Willi hatte wenig Zeit, sich mit Aaron zu treffen. Nur abends, bevor es ganz dunkel wurde, trafen sich die Beiden wann immer es möglich war, am Teich, der das Ende des Grundstückes der Schreiters begrenzte. Von einer schräg zum Wasser hin geneigten Weide sprangen die Jungen gern in das kühle Nass. Aus der ganzen Nachbarschaft kamen die Kinder und Jugendlichen, um sich im Wasser zu tummeln. Manchmal kam aus dem Wohnhaus eine Küchenmagd mit einem großen Blechkrug Wasser mit herrlich erfrischendem Zitronengeschmack. Willi war gern mit dem älteren Aaron zusammen. Er erlebte eine ganz andere Welt, als sie im Gehöft zu Hause üblich war.

An einem Abend, als sie nach dem Herumtollen auf dem Stamm der Weide saßen, erzählte Aaron von der Olympiade in London. Willi wusste mit diesen Begriffen nichts anzufangen, und so musste sein Freund vieles erklären. Seit April, so berichtete Aaron, fanden in der englischen Hauptstadt Sportwettkämpfe statt. Wie lange sie noch andauern würden, war noch gar nicht klar. In Willis Gedanken schoben sich immer wieder faszinierende Vorstellungen und Bilder. Er wollte mehr sehen, als nur das Dorf. Eine Sehnsucht nach Wissen und Verstehen hatte tief in ihm Wurzeln geschlagen. Warum war das alles so, wie es war? Willi konnte noch nicht einmal genau beschreiben, was ihn denn so beschäftigte. Gab es denn noch andere Wege für ihn, außer dem fest vorgegebenem, vom Vater den Hof zu übernehmen? Er war ohne Geschwister und der Pfarrer hatte in seiner letzten Predigt von der Verantwortung gesprochen, die Kinder einmal übernehmen müssten. Also blieb er ja nur allein dafür zuständig, die Eltern, wenn sie alt geworden sind, in Ehren zu versorgen. Mit der Faust hatte der Pfarrer auf die Pultplatte geschlagen, als er ausrief: „Du sollst deinen Vater und deine Mutter ehren! Wer nicht gehorsam ist, wird von Gott hart gestraft!"

Auch diese Predigt und die vielen unbeantworteten Fragen waren Gesprächsthemen mit Aaron. Manche Frage und manches Problem blieben unbeantwortet und offen. Auch wenn der Freund ein kluger Junge war, so wusste er längst nicht auf alle Dinge eine Antwort.

Es war wieder ein gemeinsamer Abend für Willi und Aaron. Nur diesmal hatte Aaron das Treffen mit einer Neuigkeit begonnen. „Stell dir vor, wir bekommen ein Baby." Ausführlich wurde nun gerätselt, wie das dann mal sein wird. Eine kleine Schwester, lieber aber ein kleiner Bruder, würde vieles im Haus der Schreiters verändern. Der Bauch der Mutter sei schon recht dick. Aber wie das da innen wirklich aussieht, konnte sich Aaron nicht vorstellen. Willi erklärte ihm das so: „Die Loni, unsere Kuh, hat ein Kalb bekommen. Dazu musste vom Fiedler-Bauer der Bulle geholt werden." Und dann erzählte er sehr detailliert, was genau passiert war. Gespannt lauschte Aaron den Worten seines Freundes. An einer Stelle musste er auflachen, denn in Willis Schilderung war der Bullenpenis zu einem Riesending geworden, der nicht den richtigen Weg in die Kuh fand. Als die beiden Jungen sich an diesem Abend voneinander trennten, hielten sie sich länger als sonst an der Hand. Sie schauten sich in die Augen und versprachen sich ewige Freundschaft.

Die Sommertage vergingen viel zu schnell. Die Schule war wieder fester Bestandteil des Alltages. Zum Baden war es inzwischen zu kalt geworden. So diente nun die Scheune an Willis Elternhaus als Treffpunkt. Es war herrlich, im Dunkeln in dem wohlriechenden Heu zu sitzen und über alle die weltbewegenden Sachen zu reden. Im November, es hatte schon kalten Schneeregen gegeben, wusste Aaron vom Ende der Olympiade zu berichte. In der Zeitung stand, dass am 31. Oktober die Abschlussfeier in London war. Das Deutsche Reich hatte mit seinen Sportlern immerhin dreizehn Medaillen erkämpft. „Mist", entfuhr es Willis Mund, dann schwieg er. „Was meinst Du?" „Mist, wir sind noch zu jung um nach London zu fahren. Außerdem ist es ja auch vorbei. So eine Gelegenheit gibt es bestimmt nie wieder." Aaron schwieg, weil er keine Antwort darauf wusste. Die nachdenkliche Pause war aber nur kurz. Jetzt ging es wieder um das Lieblingsthema in der Familie Schreiter. Aaron berichtete, wie sich alle im Haus um die Mutter kümmerten. Alles wurde getan, um sie zu schonen. Man rechnete damit, dass das Baby noch vor Pessach geboren würde.

Es folgten vier Jahre, die nichts Aufregendes im Leben des inzwischen hochaufgeschossenen Willi brachten. Er ging in die fünfte Klasse. In den letzten Schuljahren hatte auch er seine schmerzhaften Erfahrungen mit dem Rohrstock des Lehrers gemacht. Die Gründe dafür waren so unbedeutend, so dass sich in dem Jungenkopf die Überzeugung festsetzte, sein Lehrer sei ungerecht. Aber diese Meinung teilte auch Inge, seine Banknachbarin, die noch immer auf dem Platz neben ihm saß.

Ein Weltereignis erschütterte auch die Menschen im kleinen Dorf Trona. Es war am 15. April 1912, als die Zeitungen auf ihren Vorderseiten von der schrecklichen Katastrophe der „Titanic" berichteten. Am Vortag war das modernste und größte englische Luxusschiff kurz vor Mitternacht auf einen Eisberg aufgefahren. Es dauerte keine drei Stunden bis zum Sinken des Riesenschiffes. Wer auch immer darüber sprach, drückte sein Entsetzen über dieses Ereignis aus. Es dauerte aber nicht lange, und der gewohnte Alltagsablauf bestimmte wieder das Zusammensein im Ort.

Willis größter Schatz war eine 1-Mark-Silbermünze. Sorgsam in einen Lappen gewickelt, lag sie auf dem unteren Bettboden. Von Zeit zu Zeit nahm er sie heraus, betrachtete das Bildnis des Kaisers und auf der Wertseite den Reichsadler. Gern träumte er sich in eine ferne Welt. Aber viel zu schnell holte ihn die Realität zurück. Denn immer dann, wenn sein Name gerufen wurde, gab es irgendetwas zu tun.

Anfang Mai traf er sich regelmäßiger mit Aaron. Dessen kleine Schwester Miriam setzte dem inzwischen vierzehnjährigen ganz schön zu. Sie hatte immer wieder andere Wünsche und erwartete von ihrem großen Bruder, dass er sich nur mit ihr beschäftigte. Da waren die abendlichen Treffen mit Willi eine willkommene Abwechslung, ja sogar richtig erholsam. Außerdem überbrachte er seinem Freund immer die neuesten Informationen von den Olympischen Spielen. In Stockholm wurde am 5. Mai dieses Weltsportfest eröffnet. Aus 28 Ländern waren sie angereist, um sich in 102 Wettbewerben in 14 Sportarten zu messen. Bis zum 27. Juli dauerte dieses Weltereignis. Besonders interessant war natürlich das Abschneiden der deutschen Sportler. Mit 25 Medaillen beendeten sie die spannenden Wettkämpfe.

Willi träumte sich oft in solche Herausforderungen. Er war nicht besonders sportlich, wie er oft im Turnen in der Schule feststellen musste. Aber seine Wunschträume verliehen ihm die nötigen schnellen Beine und Kraftreserven. Außerdem konnte er mit Aaron über die fremden Länder reden. Er würde liebend gern in die Kaiserliche Schutztruppe in

Deutsch-Südwestafrika eintreten, aber dazu war er noch viel zu jung.

An manchen Abenden, kurz bevor er in sein Bett stieg, stellte er den kleinen Soldat auf die Fensterbank. Er war das Überraschungsgeschenk, damals zum Schulanfang. So wollte er auch aussehen. Aufrecht stehend, das geschulterte Gewehr fest ergriffen. Aber erst musste er siebzehn Jahre alt sein. Vorher konnte er nicht die zweijährige Wehrpflicht antreten. Als Wehrsold gab es 22 Pfennig am Tag. Reich werden konnte davon niemand. Aber Willi dachte nicht darüber nach. Schließlich würde er ja in der Kaserne wohnen und Essen und ärztliche Versorgung erhalten. Immer wieder träumte er sich in diese andere Welt. Er mochte es gar nicht, wenn Vater oder Mutter riefen, denn dann gab es wieder Arbeit, und der Ausflug in die Traumwelt war zu Ende. Lange sah er den kleinen Soldaten auf der Fensterbank an, dann legte er sich in das Bett und löschte das Licht der Petroleumlampe. Der Schlaf ließ noch auf sich warten, weil zu viele Gedanken wie wild durcheinander wirbelten.

Der neue Tag begann mit großer Aufregung. Die gute alte Henni war zusammengebrochen. Nun lag sie stumm auf dem kalten Stallboden. Der Vater hatte versucht, sie zum Aufstehen zu bewegen. Aber Henni lag einfach da. „Geh zum Hannes-Metzger. Er soll gleich kommen, bevor Henni verreckt." Mit diesem Auftrag hatte der Vater seinen Jungen losgeschickt. Mit schnellen Schritten machte der sich auf den Weg. Es dauerte auch nur eine Viertelstunde, bis der Metzger in der Stalltür stand. „Na Ernst, jetzt kann sie wohl nicht mehr? Wir müssen sie aber erst aus dem Stall ziehen. Willi, sag nebenan Bescheid, und sie sollen Stricke mitbringen." Während Willi die Nachbarn holte, überlegte der Metzger, wie schwer Henni wohl sei. „Also ich denke, ihre 500 Kilo hat sie noch." Die inzwischen herbeigeeilten Männer hatten, mit Ernst und dem Metzger waren es fünf, schwer zu ziehen. Nur mühsam gelang es, die liegende Kuh in den Hof zu zerren. Ernst schaute auf seine Kuh, bevor sein Blick zum Hannes-Metzger ging. Der wetzte schon sein langes Schlachtmesse am Stahl. Inzwischen war Anna mit Schüssel und Eimer aus dem Haus gekommen. Sie ging noch einmal zurück, um noch weitere Gefäße zu holen. Dann ging alles sehr schnell. Der erfahrene Metzger wusste, was zu tun war. Er fing das austretende Blut in einem Eimer auf.

Es wurde ein langer Tag, an dem Willi nicht zur Schule gehen konnte. Jede Hand wurde bei der Schlachtung gebraucht. Wie gut, dass auch die Nachbarinnen ihre eigenen Arbeiten liegen ließen und bereitwillig mit anpackten. Am Ende dieses langen Tages gingen alle wieder in ihre eigenen Häuser, diesmal allerdings bepackt mit großen Fleischpaketen. So war das eben im Dorf.

Willi konnte lange nicht einschlafen. Ob Kühe auch im Himmel sind? grübelte er. Aber dann entschied er sich für ihre Daseinsberechtigung an diesem unbekannten Ort, von dem der Pfarrer nur immer sagte, es sei dort wunderschön. Was das aber konkret bedeutete, konnte Willi sich trotz seiner Phantasie nicht vorstellen.

Der nächste Tag begann wie viele andere auch. Willi bekam eine dicke Scheibe Brot, die dünn mit Butter beschmiert war. Dazu gab es Milch. Wo die wohl herkam? Henni war doch jetzt tot. Aber natürlich, fiel es Willi wieder ein, es gab ja noch im Kühlhaus zwei volle Kannen, die eigentlich für die Butter gebraucht wurden. Die Mutter hatte auch schon sehr früh die Kuh Loni gemolken. Vor ihr hatte Willi mehr Respekt, als das bei der gutmütigen Henni der Fall war.

Nach dem Frühstück ging der Junge zur Schule, nicht ohne vorher den Nachbarsjungen abgeholt zu haben. Die beiden redeten auf dem Schulweg nur von den gestrigen Ereignissen. Es war aber auch ein turbulenter Tag gewesen. Nun standen sie auf dem Schulhof und warteten wie immer auf den Lehrer, der sie ins Schulhaus begleitete.

Inge fragte ganz interessiert, wo Willi gestern gewesen sei, als die beiden ihre Schiefertafel auf die Tischplatte legten und ein Stück Kreide dazu packten. Kurz berichtete er, was sich begeben hatte, aber der Unterrichtsbeginn unterbrach des Jungen Redefluss. Eines hatte Willi schmerzhaft lernen müssen. Im Unterricht durfte nicht gesprochen werden, außer, wenn man vom Lehrer dazu aufgefordert wurde. Das war auch ein Grund, den Rohrstocktanz auf Willis Händen starten zu lassen. Er hatte sich damals nach hinten gedreht und mit seinem Mitschüler kurz gesprochen. Kurzerhand griff eine Männerhand an sein linkes Ohr und zog an diesem den Jungen in die Höhe. Das erwies sich gar nicht mehr als so einfach, weil Willi inzwischen fast die Länge seines Lehrers erreicht hatte. Dann folgte die bekannte Prozedur. Nach vorn gehen, Hände ausstrecken und die Schläge abwarten.

Der Lehrer schaute sich im Klassenzimmer um. Dann ging er mit hartem Blick auf Willi zu und blieb an seinem Schülerpult stehen. „Und wo war der kleine Faulpelz gestern?" Willi holte schnell den Ranzen unter dem Tisch hervor, öffnete ihn und entnahm ein sorgfältig eingewickeltes größeres Päckchen. Das hielt er dem Lehrer entgegen, und dann berichtete er in Kurzform von den ganzen Ereignissen. „Und ich soll sie von Mutter grüßen, und das ist für sie..." brachte er noch über die Lippen. „Setz dich wieder hin. So und nun zu euch allen. Wir schlagen die Fibel auf Seite neun auf. Es wird reihum gelesen und du, Inge, beginnst."

Willis zwölfter Geburtstag fiel diesmal auf einen Donnerstag. Er erwartete nichts Bewegendes so mitten in der Woche. Am Morgen noch hatte er sich heimlich den kleinen Spiegel der Mutter aus dem Elternschlafzimmer geholt. Er musste unbedingt herausfinden, ob nicht doch schon kleine Barthaare sein Kinn und die Oberlippe verschönten. Vor wenigen Tagen hatte Willi seinen Freund Aaron bewundert, wie der sich schon ganz gekonnt mit dem Rasiermesser seines Vaters seinen spärlichen Haarwuchs entfernte. Aber der hatte wenigstens etwas zum Wegrasieren. Leider zeigte der kleine Handspiegel noch nicht die sehnlichst herbeigewünschte Behaarung. Ihm sah nur aus dem Spiegel ein knabenhaft wirkendes Gesicht entgegen.

Schnell betrat Willi die gemütlich warme Küche. Der Vater stand neben dem Tisch und hielt beide Hände hinter dem Rücken. „Willi, wir gratulieren Dir zum Geburtstag. Wir haben uns gedacht, jetzt wo es Henni nicht mehr gibt, sollten wir noch eine Kuh kaufen. Wir werden morgen ein kräftiges Kalb aus Linda holen. Es ist schon alles abgesprochen. Nach der Schule geht´s dann morgen los. Aber für heute hier noch dein Geschenk von uns." Der Vater nahm seine Hände nach vorn und streckte sie Willi entgegen. Mit beiden Händen hielt er eine ganz junge Katze direkt vor die Brust des überraschten Jungen. Die kleine Katze sah mit ihren drei Fellfarben schon irgendwie lustig aus. Weiß, grau und ein rötliches Braun machten das kleine Wesen einmalig. Willi freute sich wirklich sehr über sein Geschenk. Er hatte schon länger den Wunsch, irgendetwas zum kuscheln in die Arme nehmen zu können. Das war ja nun besonders gut möglich.

Beschwingt und mit einer eigenartigen Vorfreude machte sich Willi auf den Weg in die Schule. Es gab dort wirklich eine Überraschung. Der Lehrer hatte das Geburtstagskind aufgefordert, sich ein Lied zu wünschen. Und dann sangen alle so gut sie eben konnten den alten Lutherchoral: „Ein feste Burg ist unser Gott." Ansonsten verlief der Schultag ohne weitere Höhepunkte. Willi war froh, endlich nach Hause gehen zu können. Er wollte sich noch mit Aaron treffen und Neuigkeiten austauschen. Kuchen und Geburtstagskaffee waren ohnehin auf den Sonntagnachmittag verschoben.

Aaron erwartete seinen jüngeren Freund schon am Gartentor. Er hatte in der linken Hand offensichtlich ein Geschenk für Willi. Das wunderschöne Papier ließ keine andere Vermutung zu. Nach einer kurzen Begrüßung bei Frau Schreiter, die gerade Miriam etwas aus einem dicken Buch vorlas, zogen sich die beiden Jungen in das Dachzimmer von Aaron zurück. Nun erst gratulierte der seinem Freund zum Geburtstag, zog ihn an seine Brust und klopfte ihm ziemlich derb auf den Rücken. Dann überreichte er ihm das sorgfältig eingewickelte Geschenk. Willi spürte die Versuchung, die Schmuckhülle mit einem einzigen Ruck abzureisen. Aber das hätte das edle Papier zerstört. Also öffnete er behutsam die Papierummantelung, nachdem er das Schmuckband aufgeknotet und zur Seite gelegt hatte. Mit großen Augen bestaunte er das einmalige Geschenk seines Freundes. Es war ein Bildband mit ausdrucksstarken Schwarz-Weiß-Bildern von und über Amerika, mit einem großen Abschnitt über New York. Er konnte es nicht fassen, solch eine Kostbarkeit in seinen Händen zu halten. Alle seine Träume und Wünsche, alle Sehnsüchte und dieses unbestimmte Fernweh fanden sich hier wieder, eingefangen und künstlerisch aufbereitet zwischen zwei Buchdeckeln. Willi war nicht fähig, jetzt irgendetwas zu sagen. Er hielt diesen kostbaren Schatz mit beiden Händen fest umschlungen, drückte ihn an seine Brust, und dann kullerten auch schon die Tränen über sein Gesicht. Es dauerte einige Minuten, bis er wieder in die Wirklichkeit zurück fand. Vorsichtig legte er das Buch auf Aarons Schreibtisch. Aber dann war er nicht mehr zu halten. Stürmisch umarmte der glückliche Junge seinen Freund. Er fühlte sich nicht nur besonders beschenkt, sondern auch in seinem tiefsten Inneren geborgen. Mit diesem, seinem Freund, konnte nichts Schlimmes auf der Welt geschehen. „Danke, mein Freund Aaron! Das ist das Schönste, was ich jemals gesehen habe." Der Nachmittag war viel zu schnell wieder zu Ende. Es gab den unvergleichlich wohlschmeckenden Kakao und dazu einen gefüllten Streuselkuchen. Immer wieder blätterten die beiden Freunde durch den Bildband. Dabei machten sie sich gegenseitig auf winzige Details aufmerksam, die manchen geheimen Träumen Nahrung gaben.

Am Abend und im Bett liegend versuchte Willi, sich an einige Details des Tages zu erinnern. Aber alles wurde überdeckt von der großen Freude, die noch immer nachschwang. Er hatte Amerika in seinem Besitz. Er war sich ganz sicher, dass es nun auch möglich sein würde, Amerika ganz real zu erleben. Diesen zwölften Geburtstag würde Willi nie vergessen, dessen war er sich sicher. Wie recht er damit haben würde, zeigte sich aber erst viel später.

Der Tag nach dem Geburtstag sollte nun die nächste Neuigkeit einleiten. Der Kauf eines Kalbes in Linda versprach, recht interessant zu werden. Nach dem Mittagessen spannte der Vater die Kuh Loni vor den kleinen Leiterwagen. Dann ging es in gemütlichem Tempo ab in Richtung des Nachbardorfes. Linda lag etwa acht Kilometer entfernt, und es dauert doch recht lange, bis sie endlich den Hof des Rinke-Bauern erreichten. Nun standen sich die beiden Bauern gegenüber, gaben sich die Hände und besiegelten so den ausgehandelten Verkauf. „Hast Du ein Seil mit, um das Kalb fest zu binden? Am besten wäre es vielleicht, wenn Du das Kalb an der Seite deiner Kuh fest machst. Dann können die beiden nebeneinander laufen und sich so schon aneinander gewöhnen." „Recht hast Du, Rinke-Bauer. Willi, hol das Kalb und führe es neben Loni. Ich mach das dann selbst fest."

Ohne größere Probleme, aber sehr gemächlich, gelang die Heimkehr auf den Hof in Trona. Nun stand das Kalb neben der älteren Kuh. Es würden noch viele Wochen vergehen, bis aus dem Kalb eine Kuh, vor allem auch eine trächtige Kuh, geworden ist. Erst dann konnte mit einem Milchertrag gerechnet werden.

Trotzdem waren Ernst und seine Frau Anna an diesem Abend glücklich und zufrieden. Ernsts Hand suchte den Körper seiner Frau, als sie im Bett unter ihren dicken Zudecken lagen. Obwohl sie sonst immer ihre Müdigkeit als Ablehnung nutzte, gab sie sich ihm in dieser Nacht bedingungslos hin. Anna war glücklich, als Ernst in ihr ruhte. Lange blieben die Beiden so miteinander verbunden liegen. Auch als Ernst zu schnarchen anfing war Anna glücklich. Er lag noch immer auf ihr, und sie hatte beide Arme um ihn geschlungen. Was brauchte Sie denn sonst noch? Sie hatte einen Mann, der vielleicht manchmal zu schweigsam war, aber sie noch immer herzlich liebte. Und sie hatte einen gesunden Sohn, der jetzt langsam seinen Weg in das Leben suchte. Anna dankte tief in ihrem Herzen Gott, der bestimmt auch sie und ihre Familie weiterhin bewahren würde.

Endlich bin ich dreizehn! Mit diesem Gedanken sprang Willi am Morgen aus dem Bett. Er hatte sich für den heutigen Freitag, seinen

Geburtstag, einiges vorgenommen. Aber zuerst musste er in die Schule. Inge schenkte ihm einen runden geschliffenen Stein, fast schwarz und mit winzigen kleinen helleren Adern. Er glänzte und lag kühl in Willis Hand. Was macht man nur damit, überlegte Willi, bevor er ihn in die Hosentasche steckte. Auf jeden Fall sah er gut aus und würde seine Schatzkiste bereichern.

Die Schatzkiste war eine Holzschachtel, in der ehemals recht teure Zigarren aufbewahrt wurden. Aarons Vater rauchte solche langen, dunklen Dinger. Er saß dabei meist in seinem Lieblingslehnstuhl und ließ sich von der kleinen Miriam alle ihr wichtigen Neuigkeiten berichten. Von Zeit zu Zeit wurde eine neue Zigarrenkiste in der Stadt gekauft und die alte, leere, den Kindern zum Spielen weitergegeben. So kam auch eines dieser begehrten Exemplare in Willis Besitz. Aaron hatte sie mitgebracht, den Deckel hochgehoben und auf eine Ansichtskarte gezeigt, die auf dem Kästchenboden lag. „Willi, das ist eine Karte von London. Du weißt schon, da war vor sechs Jahren die Olympiade."

Genau dieses Kistchen war nun seine Schatzkiste. In ihr lagen die kostbarsten Besitztümer, die Willi angesammelt hatte: die Silbermark und der Soldat, ein Schweineeckzahn und die London-Karte, eine schwarze Schwanzfeder von einem Hahn, die grünlich schimmerte, wenn sie in die Sonne gehalten wurde, und ein alter, zerkratzter und abgewetzter Blechring, den der Großvater als Ehering getragen hatte. Seinen Großvater hatte er nicht kennen lernen können, weil der schon so lange tot war.

Weit weg war Willi mit seinen Gedanken, als plötzlich der Rohrstock des Lehrers auf seinen Tisch knallte. „Hörst du noch zu, wenn ich dich etwas frag?" Der Lehrer war sehr ungehalten und Willi fürchtete schon, seine Hände vorstrecken zu müssen. „Verzeihung, Herr Lehrer, aber ich muss so dringend Wasser lassen, da habe ich nicht zuhören können..." „Dann raus! Aber komm gleich wieder!" Was für ein Glück, dass ihm diese Ausrede so plötzlich eingefallen war. Schnell rannte er nun aus dem Klassenzimmer, lief die Treppe hinunter und stand schon wenig später im kleinen Klohäuschen. Nein, er musste nicht... aber der Gedanke, dass es eigentlich wieder Schläge gegeben hätte, ließ ihn erschauern.

Das Jungen-Klohaus war nicht gerade ein Ort, um sich länger aufzuhalten. Links und rechts gab es jeweils eine schwarz geteerte Rinne, die ihren Inhalt durch zwei Löcher im Fußboden in eine Grube beförderte. Außerdem gab es zwei abgeteilte Holzverschläge für größere Geschäfte. Ein Tischler hatte für jeden Bereich eine Art Bank hergestellt, die von vorn abgeschlossen und im Sitzbereich mit einem Loch versehen war. Die Öffnung befand sich genau über der Grube, in die auch die flüssigen Abwässer flossen. Alles, was in diesem Häuschen verloren ging, war unwiederbringlich weg. Auch das vierteljährliche Ausschöpfen des Grubeninhaltes, was sich die Bauern des Dorfes reihum zu teilen hatten, brachte nichts mehr zurück. Einmal allerdings fand sich im Frühjahr auf dem Feld des Fiedler-Bauern eine Haarspange, die als solche natürlich nicht mehr zu gebrauchen war.

Willi war jetzt lange genug im Klohaus, und nun musste er zurück in das Klassenzimmer. Als er den Raum betrat, verstauten gerade alle Mitschüler ihre Sachen in den Ranzen. Der Lehrer war schon gegangen, und schnell leerte sich der Raum. Inge hatte noch gewartet, denn sie sollte heute gleich nach der Schule mit zu

Willi kommen. Er hatte sie noch vor Weihnachten zu seinem Geburtstag eingeladen. Mutter wollte extra für den Nachmittag einen Blechkuchen backen. Dazu musste sie mit ihren Zutaten zum Bäcker gehen, der dann nach seinem Brotbacken auch ihr Backblech in den Ofen schob. Auf dem Weg nach Hause konnte Willi diesen frischen Kuchen gleich abholen.

Der Bäcker legte noch ein Leinentuch über das Backblech, bevor er die Köstlichkeit den beiden Kindern übergab. Behutsam trugen Inge und Willi die duftende Last. Zu verführerisch war der Geruch nach frischem Backwerk, und natürlich konnten sie nicht wiederstehen und brachen kleine Stücke vom Rand ab, die sie schnell in den Mund steckten. Beinahe wäre dabei das Backblech zu Boden gefallen, denn jeweils mit einer Hand zu halten, war schon recht schwierig.

Ganz erleichtert legten sie bald darauf das Kuchenblech auf dem Küchentisch ab. Die Mutter nahm das Leinentuch vom Kuchen. „Na da gab es wohl Mäuse in der Bäckerei" sagte sie. Dann nahm sie einen kleinen Topf vom Küchenherd, in dem geschmolzene Butter glänzte. Mit einem Löffel verteilte sie diese nun über den ganzen Blechkuchen. Dann streute sie eine dicke Schicht Zucker darüber. Inge und Willi hatten alles genau beobachtet. Während Willi schon überlegte, welche Ecke die meiste Butter mit Zuckerbelag hatte, fragte Inge, ob sie schon den Tisch decken darf. „Nein, Inge, die Butter muss doch erst fest werden. Wir stellen alles in den Flur, da ist es kühl. Ihr müsst schon noch etwas warten."

Willi war inzwischen aus der Küche gegangen. Er suchte seine Katze, die sich besonders gern in sein Bett zum Schlafen legte. Da war sie auch an diesem Mittag. Die Katze auf dem Arm, ging er zurück zu Inge, die in der Küche am Tisch saß. Beide spielten mit ihr und vertrieben sich so die lästige Wartezeit bis zur Kuchenfreigabe. Endlich wurde Milch in kleine Töpfe gefüllt, der Kuchen aufgeschnitten und jedem ein großes Stück auf den Teller gelegt. Auch Vater hatte sich mit an den Tisch gesetzt. Er trank lieber seinen Malzkaffee. Der Kuchen begeisterte alle, und Willi war sich sicher, so schön war bisher nur sein zwölfter Geburtstag. Am Tisch wurde viel gelacht und erzählt. Schulerlebnisse der Kinder, aber auch Missgeschicke bei der täglichen Arbeit auf dem Hof boten reichlich Anlass, herzhaft zu lachen. Der Vater saß still dabei, er schmunzelte ab und zu, aber tief in seinem Inneren war er glücklich über seine Familie. Irgendwie hatte er auch das Gefühl, dass Inge ganz selbstverständlich mit dazu gehört. Schade, dass Aaron nicht hier sein konnte. Willis Vater hatte ihn heute Morgen noch gesehen und ihm zu gewunken. Er wusste, dass Willis Freund heute in der Stadt bei der Vertretung des 1. Königlich Sächsischen Armee-Korps vorsprechen sollte. Aaron ging zwar noch zur Schule, aber später einmal wollte er die Offizierslaufbahn einschlagen. Der Vater hatte seinem Willi nur gesagt, dass Aaron grüßen lasse, aber er sei heute leider erst am Abend im Dorf. Sobald er zurück sei, würde er noch zu Willi kommen. Die Enttäuschung über Aarons Fehlen hielt sich aber in Grenzen, der wunderbar schmeckende Kuchen tröstete darüber hinweg.

Diesen Sonntag, den 18. Januar 1914, wird wohl niemand in Trona vergessen. Seit einigen Tagen ging nun schon das Gerücht herum, eine furchtbare Katastrophe würde über die Erde hereinbrechen. Schreckliche Szenarien wurden flüsternd weiter gegeben. Der Pfarrer hatte vor einer Woche mit zorniger Stimme das ganze Dorf aufgefordert, am nächsten Sonntag geschlossen in die Kirche zu kommen. „Alle Familien erscheinen mittags um zwei. Ihr könnt dann rechtzeitig wieder auf den Höfen sein, um eure Ställe zu versorgen!"

Es war kurz vor zwei, als noch schnell die Letzten durch die große Kirchentür in den kalten Raum huschten. Nur die ehemalige Hebamme Metha war nicht da. Ihre Beine trugen sie nicht mehr richtig, und mit Krücken wollte sie nicht im Dorf herumlaufen. Auch die Fabrikantenfamilie Schreiter war nicht hier. Aber die gehörten ja auch nicht zur Kirche.

Schlagartig verstummte das Gemurmel, als der Pfarrer aus der Sakristei in den großen Kirchenraum trat. Er hob seinen rechten Arm und forderte Ruhe ein. Dann begann er, die eigenartige Situation im Dorf und das Gerede zu erklären. Er berichtete, dass nun schon zum wiederholten Male zwei Männer und zwei Frauen von auswärts ins Dorf gekommen wären. Sie waren von Hof zu Hof gegangen, hatten auch in den beiden größeren Wohnhäusern geklopft, in denen einige Näherinnen der Schreiter-Fabrik wohnten. Eindringlich hätten sie in den Häusern vor einer Weltkatastrophe gewarnt. „In diesem Jahr 1914 wird Jesus Christus wiederkehren. Er wird die Weltherrschaft übernehmen und das Königreich Gottes errichten. Als Zeichen dafür werden in den letzten Tagen schlimme Dinge geschehen, denn Satan und seine Dämonen wurden aus dem Himmel auf die Erde verbannt. Es wird einen furchtbaren Krieg geben, der in Harmagedon seinen Höhepunkt hat. Aber niemand müsse Angst vor all dem haben, denn Gott hat sich die wahren Gläubigen ausgewählt, die er schützen wird. Genau im Oktober endet aber die Zeit der Heiden. Danach wird er seine 144.000 Getreuen in ein tausendjähriges Friedensreich führen. Das also war das Anliegen der Unruhestifter. Und noch etwas, sie nennen sich „Ernsthafte Bibelforscher".

Stille war im Kirchenschiff. Aber dann erklang eine zaghafte Frauenstimme: „Und wenn es doch stimmt?" „Nein!" donnerte der Pfarrer los. „Ich stehe jeden Sonntag hier vor euch und erkläre, was in der Bibel steht. Das wird alles ganz anders sein. Diese Leute haben nicht recht, sie bringen nur Unruhe und Unfrieden. Lasst die nicht mehr in eure Häuser!" „Aber das sind doch auch Gläubige, wie wir", warf ein anderer ein. Immer aufgeregte wurden Meinungen gesagt, Fragen gestellt, Vermutungen ausgesprochen. Im Kirchenschiff war es so laut, dass kaum noch der Nachbar zu verstehen war. „Ruhe", tönte die laute und tiefe Stimme des Pfarrers. „Ich sage das noch einmal. Es sind keine Christen, sondern Unruhebringer. Ihr dürft nicht auf dieses Gerede hören. Außerdem leben wir in einem starken Land. Gott, der Kaiser und ich stehen als Zeugen! Es wird nicht so sein, wie gesagt wurde! So, und nun ist Schluss! Ihr geht jetzt heim und kümmert euch um euer Vieh! Und am nächsten Sonntag predige ich über das wirkliche Reich Gottes. Also kommt alle." Damit drehte er sich um und verließ das Kirchenschiff durch die Tür der Sakristei. Dort wartete seine Frau schon auf ihn. „Meinst Du nicht, Rudi, ich sollte zur Sicherheit im Sommer ein paar Gläser Kirschen und Mischobst mehr einkochen?" „Also schaden kann das nicht, dann mach´s eben so."

Inzwischen hatte sich die Kirche geleert. Vor der Tür stand noch eine kleine Gruppe Frauen, während die anderen auf dem Nachhauseweg waren. Anna und Ernst gingen still nebeneinander. Schweigend betraten sie auch ihr Haus und verrichteten ohne viele Worte die nötigen Arbeiten. Erst später am Abend, als das Licht gelöscht und die Eheleute im Bett lagen, fragte Anna: „Ernst, müssen wir Angst haben?" Er schwieg lange. Doch dann erlebte Anna ihren Ernst von einer Seite, die sie so nur selten erlebt hatte. Er setzte sich im Bett auf, rückte ganz nahe an das Kopfteil, stopfte sich das große Kissen in den Rücken und bat sie, sich an ihm anzulehnen. Anna kuschelte sich seitlich an, legte ihren Kopf auf seine Schulter. Es war ein schönes Gefühl, so nahe beieinander zu sein. „Anna, wir sind nun schon viele Jahre verheiratet. Wir hatten es oftmals nicht leicht. Weißt du noch, wie viel Angst wir um Willi hatten, als er beim Spielen ausrutschte und in die Jauchegrube fiel? Er hat damals vor Schreck eine gehörige Portion der stinkenden Brühe geschluckt. Als ich ihn herausgezogen hatte war das für dich gar nicht leicht, ihn wieder sauber zu machen. Er hat so viel ausgekotzt, dass wir Angst hatten, den Magen würde es mit herausschleudern. Aber es ist alles gut geworden. Auch als wir Henni so plötzlich schlachten lassen mussten, war das keine leichte Sache. Wir waren doch auch auf ihre Milch und auch ihre Zugkraft angewiesen. Wenn wir das vorher gewusst hätten, wäre das Kalb von Loni nicht verkauft worden. Aber dann bekamen wir doch Ersatz. Das Gute war, dass der Rinke-Bauer aus Linda mit der Abzahlung einverstanden war. Dann denke auch daran, wie wir die Arbeiten auf dem Hof jeden Tag schaffen. Willi kann schon kräftig mit anpacken." Anna wusste es gar nicht richtig zu erfassen, dass ihr Ernst so viel mit ihr gesprochen hatte. Dann geschah noch etwas, was sie ganz verstummen ließ. Ernst beugte sich zu seiner Frau und küsste sie auf den Mund, lange, fest und innig. Mit Tränen in den Augen und einem wohligen Gefühl im Herzen sah sie ihn an und sagte nur leise: „Danke".

Es war Sommer geworden. Die Ernte der Kirschen fiel besonders reich aus. Die ersten Frühäpfel trockneten schon, in Scheiben geschnitten, auf dem Heuboden. Die beschauliche Ruhe im Dorf wurde durch die Nachricht von einem Mord in Sarajevo aufgewühlt. Die Zeitungen berichteten am Montag mit großen Bildern und Überschriften, dass am gestrigen Sonntag der Erzherzog Franz Ferdinand und seine Gattin Sophie erschossen wurden. Niemand ahnte, dass dieser 28. Juni der Startschuss für einen Krieg war, der ganz Europa in ein furchtbares Schlachtfeld verwandelte.
Nur wenige Tage nach diesem schockierenden Ereignis vermeldeten die Zeitungen die Kriegserklärung Österreich-Ungarns an das Serbische Königreich. Damit war auch der Kriegseintritt des Deutschen Reiches besiegelt,

denn der Kaiser hatte eine bedingungslose Unterstützung zugesagt.

Willi hatte ausführlich das Thema Krieg mit seinem Freund besprochen. Er war nun täglich im Haus der Schreiters, denn dort konnte er nicht nur in einer Zeitung sondern gleich in mehreren die Berichte über das aktuelle Geschehen nachlesen. Mit Aaron war sich Willi aber einige, dass die Deutschen Truppen in allen Kämpfen siegen würden. Die Gesichter und Ohren der Beiden schienen fast zu glühen, so begeistert redeten sie sich in Rage. Aarons Vater schüttelte nur immer wieder den Kopf über die Jungen. Er verwies auf das Leid, die Verwundungen und die Toten, die ein Krieg verursachte. Das aber wollten die beiden Jungen nicht hören. Sie erzählten sich lieber Heldengeschichten. Um ungestörter zu sein, zogen sie sich in Aarons Zimmer zurück.

Einige Tage später, die beiden Jungen saßen wieder zusammen, nannte Aaron den Grund, der ihn verhindert hatte, den Geburtstag seines Freundes mit zu feiern. Er sprach von seinem langen Gespräch mit Offizieren des 1. Königlich Sächsischen Armee-Korps. Der Vater hatte ihn begleitet, obwohl er gegen diese

Pläne seines Sohnes war. Er hielt nichts von Soldaten und Heer. Auch eine Offizierslaufbahn für Aaron konnte und wollte er sich nicht vorstellen. Nur widerstrebend hatte er deshalb seinen Sohn in die Stadt begleitet. Dann saßen sie eine lange Zeit auf dem Flur der Kaserne und warteten auf das angekündigte Gespräch. Endlich wurden sie aufgefordert, in den Besprechungsraum zu treten. An einem mitten im Raum stehenden Tisch saßen drei Offiziere. Ihnen gegenüber standen zwei Stühle, Ansonsten war dieses recht große Zimmer leer. Durch die hohe Decke wirkte es besonders kahl.

„Schreiter", stellte sich der Vater den vor ihnen sitzenden Herren vor. „Wir kommen aus dem kleinen Dorf Trona. Ich besitze dort und in zwei anderen Orten Textilfabriken." Interessiert erfragten die Offiziere Einzelheiten über die Firmen, die Produkte und Absatzmärkte. Dann kam aber das Gespräch auf das eigentliche Anliegen. Nun war Aaron an der Reihe, seine Vorstellungen und Wünsche zu benennen. Offizier wollte er werden, die schulischen Leistungen seien sehr gut, und er spreche auch französisch und englisch. Einer der Männer am Tisch zeichnete sehr ausführlich den Weg zum Offizier auf, dabei immer wieder die Vorzüge, vor allem aber die Ehrbarkeit betonend. Die Einzelschilderungen beunruhigten Aaron immer mehr. Er wollte nichts von Geld und Ehre, von Orden und Auszeichnungen sogar durch den Kaiser, oder von standesgemäßen Heiraten hören. Ihm war wichtig zu erfahren, wann, wie und wo seine Pläne und Wünsche erfüllt würden. Das Gespräch nahm abrupt eine Wendung, als einer der Offiziere nach dem Vornamen des jungen Mannes fragte. Als er seinen Namen nannte, war zunächst betretenes Schweigen. „Warum willst Du eigentlich unbedingt Offizier werden? Das ist ein langer und schwerer Weg. Du hättest doch viel bessere Möglichkeiten, dein Ziel zu erreichen, wenn Du Dich freiwillig zum Heer meldest. Auch eine Laufbahn als Unteroffizier ist eine ausgezeichnete Sache." Dann schwiegen alle wieder. Die drei Offiziere blätterten in irgendwelchen Zetteln. Aarons Vater räusperte sich und fragte: „Meine Herren, ist es, weil wir ... Juden sind?" Wieder Stille, aber dann sah einer der Männer auf, schaute Herrn Schreiter in die Augen und sagte unumwunden: „Ja, Juden können keine Offiziere werden. Diese Laufbahn ist den Deutschen vorbehalten."

An dieser Stelle brach Aaron seinen Bericht ab. Tränen liefen über sein Gesicht. Willi wusste auf all das mit seinen dreizehn Jahren nicht zu antworten. Aber war das überhaupt nötig? Er hielt vielmehr die rechte Hand seines Freundes fest umschlossen. Er wusste nur tief in seinem Inneren, dass sie beide so deutsch waren, wie es nur irgendwie möglich war.

Sie saßen noch lange im dunklen Zimmer, sich immer noch fest an den Händen haltend. Es war ungewöhnlich spät, als Willi nach Hause kam. Als die Mutter ihm in die Augen sah, wusste sie in ihrer Seele, dass ein Teil der Kindheit ihres Sohnes jäh beendet war. Schweigend nahm sie ihn in die Arme, strich ihm über den Kopf und schickte ihn ins Bett. Sie wusste, heute wären keine Worte die richtigen gewesen.

Der Spätsommer bescherte auch den Bewohnern von Trona unruhige Zeiten. Die täglichen Arbeiten vertrieben nicht die Sorgen, die sich immer mehr ausbreiteten. Die Deutschen sollten laut der Kriegsplanung, Frankreich schnell schlagen. Der Marsch in den Nordosten Frankreichs verletzte aber die Neutralität von Belgien und Luxemburg. Nun sah sich England gezwungen, in den Krieg einzutreten. Im September wurde an der Marne der Vormarsch der Deutschen gestoppt.

Die Unruhen im Dorf wuchsen. Der Lehrer war glühender Patriot und von seinem Kaiser, von Gott und dem Vaterland überzeugt. Für ihn gab es keine Niederlagen an der Front. Natürlich erzählten die Kinder viele Einzelheiten in ihren Elternhäusern. Immer mehr Dörfler verloren ihre Überzeugung von der Richtigkeit dieses Krieges. Dann kam die Nachricht vom Tod eines Bauernjungen aus Trona. Er hatte sich freiwillig zum Heer gemeldet und war schon viele Jahre nicht mehr in seiner Heimat gewesen. Aber fast alle Dorfbewohner erinnerten sich an den ehemals kleinen, sommersprossigen Rotschopf. Er fiel mit seiner Haarfarbe in jeder größeren Gruppe sofort auf. Der Fuchs, wie ihn alle im Dorf genannt hatten, war in der Nähe von Paris von einem Kopfschuss getroffen worden. Die Nachricht über seinen heldenhaften Einsatz und seinen Tod kam erst Wochen später. Eine kleine Ledermappe mit dem Bild seiner jungen Frau, ein paar Groschen in einer Börse, einen Gürtel und zwei Briefe in zerschlissenen Umschlägen war alles, was von ihm im Elternhaus ankam.

Willi war noch immer überzeugt, dass der Kampf gegen die Franzosen bald entschieden würde. Seine Begeisterung war noch nicht verflogen. Er zählte ganz im Gegenteil die Tage, die bis zu seinem vierzehnten Geburtstag noch vor ihm lagen. Danach waren es nur noch drei Jahre, bis er den Soldatenrock tragen konnte.

Aaron hatte sich verändert. Er sah schon wie ein Mann aus. Seine Stimme war immer dunkler geworden. Auch die Gesichtszüge hatten sich verändert, waren härter und unbeweglicher. Er hatte sich intensiver in seine Schulaufgaben gestürzt. Seine Begegnung mit den Offizieren, denen er immer nacheifern wollte, hatte tiefe Spuren hinterlassen. Seit dieser Erfahrung hatte der Begriff „Jude" eine andere Bedeutung für ihn. Im Elternhaus wurde er immer tolerant und offen erzogen. Die Familie war ohnehin nicht religiös eingestellt.

Wenn er mit Willi zusammen war, dann fühlte er sich frei und ungezwungen. Es gab kaum ein Thema, was die beiden nicht interessierte und deshalb besprochen wurde. Die Fragen über Gott interessierten sie nicht, eher Fragen der Welt.

Aber dann, im Winter 1915, geschah das Furchtbarste, was sich die Freunde nie hätten ausmalen können. Es hatte frisch geschneit, und Aaron war in der Stadt um ein spezielles Buch für die Schule zu kaufen. Er hatte es bei einem Buchhändler bestellt. Inzwischen waren drei Wochen vergangen, aber nun lag es für ihn bereit, nagelneu, eine wissenschaftliche Studie in englischer Sprache. Auf den Straßen ging es lebhaft zu. Es wurde gedrängelt und geschoben, Autos fuhren hupend durch die Stadt. Am Straßenrand stehend wartete Aaron, dass die Fahrbahn frei würde. Als mit großer Geschwindigkeit ein Auto der Marke „Apollo" auf ihn zu steuerte, wollte er ausweichen, trat aber dabei so unglücklich auf einen unter dem Schnee festgefrorenen Eisbrocken, dass er stürzte und kopfüber zu Boden fiel. Genau in diesem Augenblick war das Fahrzeug an seinen Beinen und überrollte sie. Aaron schrie auf und verlor das Bewusstsein. Was dann geschah, erfuhr er erst im Krankenhaus. Und, Ironie des Schicksals, es war das Lazarett des 1. Königlich Sächsischen Armee-Korps, in dem er operiert und gepflegt wurde.

Es vergingen Tage, bis er wieder klarer denken konnte. In den wenigen wachen Phasen hatte er gesehen, dass die Mutter an seinem Bett saß. Jetzt sah sie müde aus, lächelte ihn aber an. „Ach, mein Junge, es wird alles wieder gut." Sie sprachen kurz über den Unfall, aber Aaron war viel zu schwach, um sich länger zu konzentrieren. Er schlief bald wieder ein. Stunden später wachte er wieder auf und sah seinem besorgten Vater ins Gesicht. „Schön, dass du da bist" sagte er. „Wie geht es Willi?". „Möchtest Du, dass ich ihn mitbringe? Er würde dich sicher gern sehen wollen." „Ja, aber sag ihm, es wird alles gut!"

Am nächsten Abend ging Herr Schreiter zum Hof von Anna, Ernst und Willi. Wenig später saß er am Küchentisch mit der Bauernfamilie zusammen. Er hatte eine Flasche Apfelsaft mitgebracht, den alle nun in kleinen Schlucken tranken. Dann berichtete er, was sich alles in den letzten Tagen ereignet hatte. Willi war besorgt um Aaron. Denn die Auskünfte, die der Vater seines Freundes gab, waren alles andere als beruhigend. „Aaron hatte komplizierte Brüche in seinen Beinen. Die Ärzte sagen, er würde nie wieder richtig laufen. Natürlich muss abgewartet werden, wie alles heilt und zusammenwächst. Sein großer Wunsch ist es, Willi zu sehen. Unsere beiden Jungs verstehen sich einfach so gut. Was meinen Sie, ob

78

Willi mit mir in die Stadt fahren darf? Ich werde vorsichtig mit dem Auto fahren und ihren Sohn wieder gesund nach Hause bringen." „Das ist eine gute Idee, Willi mitzunehmen. Er, aber auch Aaron, werden sich sehr freuen. Wir sind einverstanden und werden ihn in der Schule entschuldigen. Er hat doch sowieso das letzte Schuljahr. Und Aaron ist jetzt viel wichtiger." Anna hatte Tränen in den Augen, als sie so mit Herrn Schreiter sprach. „Bist Du einverstanden, Ernst" fragte sie unsicher ihren Mann. „Das ist gut so. Ich gehe morgen in die Schule und melde Willi ab. Ach, Herr Schreiter, Ihr Sohn ist ein liebenswerter Junge und das Beste, was unserem Willi passieren konnte...", er konnte nicht weiter sprechen, weil ihm die Tränen in die Augen traten. Alle am Tisch hatten aber, tief im Inneren berührt, ihn verstanden.

So kam es, dass Willi schon am nächsten Tag kurz nach elf Uhr an Aarons Krankenbett stand. Er hatte es nicht abwarten können, dass ihn Herr Schreiter abholt, also war er gleich nach dem hastig gegessenen Frühstück zum Haus des Freundes gelaufen. Unruhig lief er auf der Straße auf und ab. Zum Glück sah ihn die Hausangestellte Frieda durch das Fenster

und machte die Familie Schreiter auf den wartenden Jungen aufmerksam. Miriam kam aus
dem Haus gehopst und fasste Willi an der
Hand, zog ihn in das Haus, dabei lebhaft auf
ihn einredend. „Du musst erst noch Kakao
trinken und ein Brötchen essen. Papa kann so
früh noch nicht fahren, weil das Lazarett noch
zu ist. Aaron wird noch eine neue Binde um
die Beine bekommen. Aber dann darfst du ihn
sehen. Schade, ich bin noch zu klein und kann
gar nicht mitfahren."

Es war Willis erste Fahrt in einem Automobil.
Aber er konnte sich nicht richtig darüber freu-
en. Viel mehr sehnte er sich nach seinem
Freund, er war ganz nervös vor Spannung,
wie es ihm denn gehen würde.

Endlich waren sie da. Es war kurz vor elf. Mit
eiligen Schritten liefen sie zum Krankenzim-
mer. Als Willi und Aaron sich die Hand reichten, rannen beiden die Tränen über das Gesicht. Es waren Tränen der Erleichterung und
Freude, der Geborgenheit und Zuversicht,
aber auch Tränen des Schmerzes. Beiden war
bewusst, dass nichts mehr so sein würde, wie
vor dem schrecklichen Unfall. Aarons Vater
hatte inzwischen ein längeres Gespräch mit
dem leitenden Arzt. Es wurde entschieden,

Aaron nach Hause zu entlassen. Er sollte mit dem Automobil abgeholt und sicher nach Trona gebracht werden. Dort gab es Ruhe und Pflege, dafür hatte der Vater schon gesorgt und eine Krankenschwester eingestellt. Sie war im Haus der Schreiters am Vorabend eingetroffen und hatte ein Zimmer in der Villa bezogen. Der Abschied nach dem Krankenbesuch bewegte die Freunde sehr. Willi versprach, seinen Freund übermorgen mit abzuholen. „Ich darf doch...?" wandte er sich an Aarons Vater. „Natürlich. Du bist mit dabei, wenn wir unseren Aaron nach Hause holen."

Zwei Tage später fuhren Herr Schreiter und Willi wieder in die Stadt. Die kleine Schwester Miriam hatte zwar lautstark protestiert, dass sie nicht mit fahren durfte. Aber der Einwand der Mutter, sie bliebe doch auch da, besänftigte das Mädchen.

Am Krankenhaus angekommen, wartete Willi vor dem Auto auf seinen Freund. Mit einem fahrbaren Stuhl wurde Aaron bis zum Auto gebracht, dann nahm ihn sein Vater auf seinen Armen hoch und setzte ihn auf den Autositz. Ein paar Holzkrücken, schrecklich aussehende Dinger, fanden noch ihren Platz auf den hintern Sitzen. Willi war auf die hintere Sitzbank des Autos geklettert, hatte sich aber dann zwischen die beiden Vordersitze gelehnt. So konnte er seitlich genau das Gesicht seines Freundes betrachten. Der war sehr schmal geworden und sah älter aus als siebzehn. Um sein Kinn lag ein dunkler Schatten, hervorgerufen von kleinen schwarzen Haaren. Rasieren musste sich Aaron, aber ob er das allein schaffen würde?

Willi sprang aus seinem Bett und lief aufgeregt in die Küche. „Mama", rief er, „darf ich zu Aaron gehen?" „Warte! Erst richtig anziehen und wenigstens die Milch trinken!" Schnell erledigte Willi alles, aber dann war er nicht mehr zu halten.

Nun stand er in Aarons Zimmer. Der lag mit schmerzverzerrtem Gesicht im Bett. Die Verbände zu wechseln hatte ihn gerade sehr angestrengt. Dazu kam noch, dass er eine innere Abneigung gegen seine Krankenpflegerin hatte. Aber endlich war Willi ja da. „Brauchst du etwas, soll ich etwas für dich holen, hast du Durst?" „Ach Willi, mir ist so mulmig, und ich muss auf die Toilette. Aber ich kann ja gar nicht aufstehen. Das Schlimmste ist, dass nun gleich meine Pflegerin kommt und mir helfen muss, damit ich kacken und pinkeln kann." Irgendwie konnte Willi verstehen, wie furchtbar sich Aaron fühlen musste. Er selbst hatte an seinem Glied in den letzten Wochen Veränderungen gesehen und beobachtet, und dass sich langsam der Haarwuchs einstellte. Nie im Leben hätte er seiner Mutter, geschweige denn einer fremden Frau, diese Veränderungen gezeigt. „Aaron, soll ich Dir helfen..., oder ist Dir das genierlich?" Dieses Wort hatte ihm übrigens Inge beigebracht. Die war wirklich nicht so doof, wie er früher angenommen hatte.

„Nein Willi, wenn Dir das nicht peinlich ist. Wir sind doch Freunde, und lieber lasse ich mir von dir helfen, als von Frau Rosa." Willi holte aus dem Badezimmer, ja, so etwas hatten die Schreiters, einen großen, flachen Nachttopf. Dann schlug er die Zudecke zurück und schob den Topf unter Aarons Gesäß. Mühsam zerrte er das Nachthemd des Freundes nach oben. Zum ersten Mal sah er das Glied und den Hodensack seines Freundes, der dicht umrahmt war von tiefschwarzen Haaren. Erstaunt war Willi nur über die freiliegende Spitze. Bei ihm umschloss eine Hautfalte die Kuppe. Dann konnte Aaron aber nichts mehr zurückhalten, und leider ging fast alles daneben. Willi war erschrocken und Aaron tief traurig. Nun musste doch noch Rosa kommen, oder sollte Willi doch lieber die Mutter rufen?

Rosa war schnell zu Stelle. Sie entsorgte, wusch und reinigte und das alles, ohne ein Wort zu sagen. Als das Bett frisch bezogen war und Willi stumm auf dem Bett neben Aaron saß, wurde die Tür geöffnet. Rosa betrat den Raum, in der linken Hand den sauberen Topf haltend. Ganz ruhig sprach sie die Beiden an. "Willi, das ist sehr schön, dass du deinem Freund helfen willst. Es ist ja auch für einen jungen Mann schwer, wenn eine fremde Frau den Nachttopf bringt. Wenn Du helfen willst, dann zeige ich dir, wie das richtig geht. Sieh, so musst du ansetzen..." und dann erklärte sie ruhig und sachlich, was, in welcher Reihenfolge und wie getan werden musste. Als sie wieder aus dem Zimmer ging atmete Willi tief ein. „Aaron, es tut mir leid, das Ganze. Aber ich will Dir gern helfen, wenn Du mir das noch zutraust."

Willi musste sich verabschiedete, Denn zum Mittagessen sollte er zurück sein. Aarons Eltern wussten, was passiert war. Sie bedankten sich ausdrücklich für die Hilfe, auch wenn es diesmal gründlich danebengegangen war. Willi konnte zu Hause nicht davon sprechen, was seinen Vormittag bestimmt hatte. Er saß schweigend am Mittagstisch und kümmerte sich dann um die Schafe. Auch für die Katze fanden sich noch einige Minuten, um mit ihr zu schmusen und zu spielen.

Der letzte Schultag war gekommen. Nur noch am Ostersonntag, wenn die Schulzeugnisse im Gottesdienst verteilt wurden, traf sich die ganze Abschlussklasse. Dann gingen alle ihre eigenen Wege. Die Jungs blieben auf den Höfen der Eltern, und die Mädchen trafen das erste Mal ihre neuen Herrschaften, bei denen sie nun Dienst tun, und wenn möglich, wichtige Lebenslektionen lernen sollten Ein Mädchen war in der Dorfbäckerei untergekommen. Aber da gab es nicht nur Aufgaben im Haushalt, sondern auch die Mitarbeit in der Backstube. Das war auch dringend nötig, denn die Bäckersfrau war wieder schwanger, diesmal mit ihrem fünften Kind. Alle ihre Kinder wurden in schöner Regelmäßigkeit im Abstand von reichlich einem Jahr geboren. Da war also wirklich jede helfende Hand nötig.

Für Willi war klar, dass er mit neuen Verantwortungen betraut, auf dem Hof mitarbeiten musste. Umso erstaunter war er, als Herr Schreiter an einem Nachmittag in der Küche saß. Was war der Grund für seinen Besuch? Der kam schnell zur Sache. Er bot an, dass Willi an der Pflege seines Freundes beteiligt würde. Natürlich bekäme er auch einen Lohn. Seine Näherinnen und anderen Arbeitern, zahle er monatlich 90 Mark. Für Willi würde er aber einen Monatslohn von 100 Mark vorschlagen. Ernst und seine Anna überlegten nicht lange, dieses großzügige Angebot würde für alle Beteiligten zum Gewinn werden. Erleichternd kam noch hinzu, dass ein Halbbruder von Anna angefragt hatte, ob er nicht auf dem Hof mitarbeiten könne. Der Neunzehnjährige würde für Essen und Unterkunft und zusätzlich 45 Mark monatlich gern zu Anna und ihrem Ernst kommen.

Als Willi diese neue Aufgabe vorgestellt wurde, gab es für ihn keine Zweifel. Von Herzen gern würde er für seinen Freund sorgen. So konnte er doch mit Aaron noch viel länger zusammen sein. Mit einem Handschlag aller Beteiligten wurde der Vertrag besiegelt.

Willi kam nun jeden Tag morgens um sieben in die Villa der Schreiters, und blieb bis abends um sieben. Nach kurzer Zeit war es für die jungen Männer auch nicht mehr peinlich, wenn es um die Köperausscheidungen ging. Willi fand nichts ekliges an seinen Aufgaben. Er war noch ganz andere Gerüche gewöhnt, wenn er an die Hofarbeit dachte. Auch sein unfreiwilliges Bad damals in der Jauchegrube war viel schlimmer, als das, was er nun für Aaron tun sollte. Täglich sah er nun Aaron mit seinen intimsten Seiten. Die Frage, warum denn bei seinem Freund da unten alles anders aussah, beschäftigte ihn schon. Also fasste er sich ein Herz und fragte Aaron direkt: „Sag mal, Dein Ding da unten sieht ganz anders aus, als bei mir. Fehlt da irgendetwas? Meine Spitze ist von einer beweglichen Haut umschlossen, aber bei Dir?" „Bei uns Juden wird den kleinen Jungs die Vorhaut abgeschnitten. Das nennt sich Brit Mila und ist ein Zeichen das man dazu gehört. Meine Eltern haben das acht Tage nach meiner Geburt vollzogen. Nein, nun schau nicht so finster. Ich weiß davon nichts mehr. Keine Ahnung, ob das damals weh getan hat. Willi, zeigst Du mir, wie das bei Dir aussieht?"

Das hatte Willi allerdings nicht erwartet. Und doch stand er auf, knöpfte seine Hose auf und lies sie nach unten gleiten. Dann zog er die langen Enden seines Unterhemdes zwischen den Beinen hervor und schob alles weit über seinen Bauch. Nun stand er mit entblößtem Geschlechtsteil vor seinem Freund. Der schaute alles genau an und sagte dann: „Danke Willi, jetzt weiß ich Bescheid."

Beide wussten nun um die Andersartigkeit des Freundes. Aber damit war auch der Wissensdurst befriedigt. Nie wieder wurden die äußerlichen Geschlechtsmerkmale ein Thema zwischen Aaron und Willi.

Die Tage vergingen für Willi viel zu schnell. Durch seine Arbeit bei Aaron hatte er jeden Tag die Möglichkeit, die neuesten Nachrichten in der Zeitung nachzulesen. Der Krieg beschäftigte die Jungen, und deshalb sprachen sie ausführlich über alles Für und Wider. Sie waren sich schon lange nicht mehr sicher, ob Deutschland siegen würde. Der Zweifrontenkrieg hatte zu viele Opfer gefordert. Die Grabenkämpfe in Frankreich, aber auch die Gefechte an der Ostfront brachten keine Entscheidungen.

Willi und Aaron beschäftigten sich täglich mit Schulaufgaben. Die Bücher, aus denen Aaron vorlas, enthielten so viel Interessantes, dass Willi oft mit offenem Mund saß und staunte. Seine Weltsicht wurde immer umfangreicher und sprengte den kleinen Rahmen des Dorflebens. Für ihn wurde das Zusammensein mit seinem Freund eine neue Zeit des Lernens. Er hatte die Möglichkeit, in Wissenschaften einzutauchen die ihm bisher verborgen waren. Wie gut, dass Aaron so geduldig erklären konnte, denn Willi erfasste oft nicht, was sein Freund ihm sagen wollte. Als Aaron sich anbot, ihm englisch beizubringen, war er nicht sicher, ob er das jemals schaffen würde. Die ersten Einweisungen und Übungen waren für den ungeübten Bauernsohn wie eine Hürde, die er nicht überspringen konnte. Aber aufgeben war nicht seine Art. Also versuchte er es immer wieder, übte die ihm vorgenannten Wörter und Sätze und nach einiger Zeit konnte er freudestrahlend zu Hause die Eltern und den Halbonkel auf Englisch grüßen. Die Mutter war stolz auf ihren fleißigen Sohn. Der Vater aber dachte eher praktisch. Die Kühe, Schweine und Schafe waren deutsch gewöhnt. Auch Hühner mussten nicht auf Englisch an-

gesprochen werden. Das laute „putt, putt"
reichte, um die ganze Schar an die Futterrinne
zu rufen.

Willi machte schnell beachtliche Fortschritte
und vergrößerte seinen englischen Wort-
schatz. Bald begannen Aarons Eltern, mit ihm,
wenn er im Haus war, englisch zu sprechen.
Aaron konnte indessen schon aufstehen, und
mit seinen Krücken im Haus herum humpeln.
Damit waren auch die Aktionen mit dem
Nachttopf nicht mehr nötig. Und endlich saßen sie alle wieder zusammen am Mittagstisch. Herr Schreiter lobte immer wieder das
Talent und den Lernwillen Willis. Dann über-
raschte er ihn mit einem Vorschlag, den Willi
so nie erwartet hatte. „Willi", sagte Herr
Schreiter, „ich würde Dich gern in meinem
Betrieb als Lehrjungen einstellen. Du bist ein
aufgeweckter Junge, kannst gut lernen und
könntest hier eine gute Grundlage für dein
Leben aufbauen. Überleg es dir, und wenn du
dir das vorstellen kannst, dann rede ich mit
deinen Eltern." Willi hatte sehr genau zugehört. In ihm jubelte alles, aber er wusste auch,
dass seine Entscheidung große Auswirkungen
auf die ganze Familie hätte. Also nickte er nur
und versprach, gründlich über alles nachzu-
denken. Als er an diesem Abend nach Hause

kam, verkroch er sich schnell in seinem Bett. Vater hatte ihm nur kurz zugenickt, aber die Mutter ahnte, dass ihn etwas Wichtiges umtrieb. Sie stellte keine Fragen, denn sie kannte ihren Sohn. Wenn sein richtiger Zeitpunkt da wäre, dann würde er über alles reden.

Es dauerte einige Tage, bis Willi abends am Tisch von dem Angebot des Fabrikbesitzers berichtete. Der Vater hatte schweigend zugehört. Der Mutter standen Tränen in den Augen, denn sie war sich sicher, dass dieses großherzige Angebot ihrem Willi eine neue und sicher auch bessere Welt eröffnen würde. Schließlich einigten sie sich, das Angebot anzunehmen und mit Herrn Schreiter alle Einzelheiten zu besprechen.

Im Haus der Schreiters gab es nur ein kurzes Gespräch zwischen dem Hausherrn und Willi. Der berichtete vom Familienbeschluss. „Gut, ich komme am Freitag, am Abend um sieben. Dann sprechen wir über alles." Damit wandte er sich ab und ging, nach einem kurzen Zunicken, aus dem Haus.

Natürlich gab es einen lebhaften und umfassenden Austausch über dieses Thema mit Aaron. Dann wurden die Zukunftsmöglichkeiten bedacht. Das Thema Soldat spielte schon seit längerer Zeit keine Rolle mehr. Aaron würde ohnehin nie in das Heer eintreten können, denn seine beiden Beine schmerzten oft und das Gehen fiel schwer. Der Arzt der Familie hatte sehr deutlich gesagt, dass nichts mehr so sein würde, wie es einmal war. Es würde zeitlebens Bewegungseinschränkungen geben. In der Familie war ohnehin klar, dass der Älteste einmal die Firmengeschicke leiten sollte. Für ihn war jetzt der Schulabschluss wichtig, und dann sollte er an der Höheren Handelsschule das Fachwissen für seine zukünftigen Aufgaben erwerben. So tragisch auch die Unfallfolgen waren, alle waren sich einig, dass das keine Auswirkungen im geschäftlichen Bereich hätte.

Der Freitagabend wurde für Willi eine Wende seiner Zukunftsaussichten. Herr Schreiter war ins Haus gekommen und saß mit allen am Küchentisch. Eigentlich wäre es üblich gewesen, die Familie in das Chefbüro der Firma zu bestellen. Aber um der Freundschaft seines Sohnes willen, saß er nun hier. Ausführlich beschrieb er den Ausbildungsweg. Für Willi hieß das, ein besonders großes

Lernpensum zu bewältigen Seine Rechenkenntnisse reichen nicht für eine Buchhalterausbildung. Aber die inzwischen schon sehr soliden Englischkenntnisse bewiesen den Eifer und Willen des Vierzehnjährigen.

Nach der Getreideernte sollte die Lehrzeit beginnen. Für das erste Halbjahr würde Willi in der Stadt im großen Textilwerk eingewiesen werden. Ein sehr erfahrener Meister sollte dann auch die geringen Mathematikkenntnisse verbessern helfen. Allerdings musste Willi sich damit abfinden, nicht mehr täglich nach Hause kommen zu können. Aber da gab es ein Zimmer in einer Pension. Die Wirtin war eine gute Bekannte der Schreiters und gern bereit, sich des Jungen anzunehmen. Nach und nach sollten dann auch die anderen Fabriken für eine bestimmte Zeit zum Ausbildungsort werden. Aber darüber könne man ja dann reden, wenn es soweit wäre. Willi saß die ganze Zeit still auf seinem Bankplatz. Er war aufgeregt, wie selten jemals zuvor. Er freute sich riesig, denn solche Zukunftsaussichten hätte er nie zu erträumen gewagt. Der Vater fragte noch nach dem Lehrgeld, und ob das denn reichen würde für die Pension. Schließlich würde sein

Sohn ja dort leben, essen und trinken. Die Wäsche könne er ja immer mitbringen, wenn er nach Hause käme. Mutter würde alles waschen und herrichten, und für die neue Woche wäre dann alles bereit. „Machen Sie sich keine Sorgen. Willi bekommt jeden Monat 22 Mark. Und was die Pension Gretel betrifft, da habe ich mit unserer Bekannten einen guten Preis ausgehandelt. Aber diese Kosten übernimmt die Firma." Anna glaubte, sich verhört zu haben. Es würde sie nichts kosten, wenn Willi in der Pension wohnt? Warum nur waren die Schreiters so großzügig mit ihnen, den einfachen Bauersleuten? Anna traute sich aber nicht, das laut auszusprechen, was sie bewegte. Aber es war auch gar nicht nötig, weil Herr Schreiter selbst die Erklärung dazu gab. „Unser Aaron hat durch die Freundschaft mit eurem Willi viel erlebt, dadurch besser verstehen können, wie es im Alltag aussieht. Er versteht jetzt, wie mühsam der Broterwerb sein kann. Nur durch die Hände der Bauern und den Fleiß der Menschen können wir alle ja leben. Gerade auch in den letzten Monaten wusste Aaron die Freundschaft besonders zu schätzen. Willi hat ihn so oft aufgemuntert, wenn die Traurigkeit sich ausbreitete. Euer Junge hat getröstet, ganz praktisch geholfen und Dinge geleistet, die über seine Kenntnisse und sein Alter hinaus gingen und gar nicht zu erwarten gewesen sind. Unser Aaron wird einmal die Firmen übernehmen, und er hat sich gewünscht, auch dann seinen Freund an der Seite zu haben. Ich glaube, die beiden werden in einigen Jahren zusammen Neues aufbauen. Ich will alles tun, damit Willi das lernen kann, was er dann später einmal brauchen wird. Also wie ist es, geben wir uns die Hand und besiegeln so den Lehrvertrag? Natürlich wird das auch noch schriftlich gemacht, aber das hat ja wohl noch einige Tage Zeit." Herr Schreiter war aufgestanden und hielt Ernst seine rechte Hand entgegen. Der nahm die Hand, hielt sie fest und sagte nur: „Ist schon recht." Anna war überglücklich. Ihr Willi würde es einmal besser haben, als sie. Er würde, auch dank der Großzügigkeit, in eine sichere Zukunft gehen. Wortreich bedankte sie sich, bevor Herr Schreiter ging. Der hatte für Willi ein kurzes Nicken und fragte nur: „Kommst du morgen?" Willis „ja" kam leise aber sehr bestimmt.

Die kräftezehrende Getreidemahd machte allen zu schaffen. In diesem Jahr war das Feld um einiges größer, als in den Jahren vorher. Weil inzwischen von einigen Höfen die Söhne im Krieg waren, mussten die Frauen viel mehr mitarbeiten. Bei Ernst und Anna, die von ihrem Halbbruder kräftig unterstützt wurden, ging alles ganz gut von der Hand. Fritz hatte sich als sehr fleißig und lernwillig erwiesen. Er konnte kräftig zupacken und Ernst war froh, ihn an der Seite zu haben. Bald ging ja Willi seinen eigenen Weg. Aber das war bestimmt auch gut so.

Nun blieben nur noch wenige Tage bis zur Abreise in die Stadt. Was würde dann alles kommen? Ob er sich nicht einsam fühlen würde? Gelang es ihm, richtig Rechnen zu lernen? Alle diese Fragen trieben Willi um. Es konnte vorkommen, dass er mitten in der Arbeit stehen blieb und wie abwesend in die Luft starrte. Ein kurzes „Willi" reichte aber, um ihn zurück in die Realität zu holen.

An einem sonnigen Nachmittag stand Inge plötzlich am Feldrand. Sie winkte Willi zu und er lief schnell zu ihr. Inge war reifer und fraulicher geworden. Ihre kleinen Brüste hatten sich schön entwickelt. Durch die eng anliegende rosa Bluse traten ihre Formen besonders schön zutage. „Was machst Du denn hier? wollte Willi wissen. „Ich habe jetzt zwei Wochen frei und bin bei meinen Eltern. Der Bauer hat mir einen Korb mit Wurst und Schinken und 15 Eiern für die Eltern mitgegeben. Ich soll erst am 1. September wieder kommen." „Da fange ich meine Lehrzeit an. Aber weil der 1. September ein Mittwoch ist, soll ich schon zwei Tage früher in der Stadt sein." Dann wandte sich Willi ab, sagte zu Inge, sie möge hier warten und lief schnell zum Vater. Der hatte Inge kommen sehen und war einverstanden, dass die beiden den Nachmittag ohne Pflichten frei verbringen durften. Nun ging es hinüber zum Teich. Eine sanft bemooste Stelle neben der schrägen Weide war willkommener Platz, um sich niederzulassen. Es gab viel zu erzählen. Inge berichtete von ihrer Arbeit bei einem Bauern, die sie schon bald nach Ostern begonnen hatte. Sie war zufrieden, denn sie musste nur wenig im Stall helfen. Es gab drei Kinder auf dem Hof, um die sie sich kümmerte. Von der Bauersfrau wurde sie jeden Tag in der Küche eingewiesen. Sie wusste nun schon viel über das Kochen, Saubermachen, Kinderbetreuen und auch buttern. Dann hörte sie ganz interessiert zu, was Willi alles zu berich-

ten hatte. Sie war ganz angetan von den Möglichkeiten, die sein Leben steuern und begleiten würden. Willi hatte sich so in Rage gere-
det, dass ihm der Schweiß über seinen nackten
Rücken lief. Dort hinterließ er deutliche Spuren im Staub, der sich bei der Feldarbeit über
den Jungen ausgebreitet hatte. Am liebsten
wäre Willi jetzt ins Wasser gesprungen. Mit
Aaron zusammen war das nie ein Problem,
wenn sie sich ihre Hosen abstreiften und laut
lachend in das Wasser rannten. Aber jetzt war
ja Inge hier. Da konnte er sich doch nicht ausziehen. Mit der Hose zu schwimmen ging aber
auch nicht.

Während sie sich noch über das Ergehen der
letzten Wochen austauschten, waren sie immer näher an den Teichrand gerutscht. Mit
den Füßen im Wasser war es angenehm und
lies sich schon eher aushalten. „Du Willi, ich
würde so gerne baden. Aber das geht ja nicht.
Oder..." machte sie eine kleine Redepause, „du
drehst dich um. Dann kann ich mich ausziehen und ins Wasser gehen. Aber wehe, wenn
du dich umdrehst." Natürlich würde er sich
nicht umdrehen, beteuerte Willi. Schnell
wandte er sich um, und zog die Knie vor die
Brust. Mit beiden Händen hielt er seine Beine
eng am Körper, sein Kopf ruhte auf den Knien.

Willi hatte die Augen geschlossen, aber seine Ohren nahmen jedes kleine Geräusch wahr. So verfolgte er mit seinem Gehör, wie sich Inge auszog. Kurze Zeit später rief sie ihm aus dem Wasser zu: „Fertig!" Willi drehte sich um und sah Inge, die weit in den Teich hineingelaufen war, so dass nur noch der Kopf aus dem Wasser ragte. „Komm rein, Willi! Es ist überhaupt nicht kalt!" „Na gut, aber du musst dich auch umdrehen!" Als Inge sich abgewandt hatte, streifte Willi seine Hose ab, er hatte nichts anderes an. Dann ging er mit großen Schritten in den Teich. Als ihm das Wasser bis zum Nabel reichte, gab er Inges Blicke wieder frei. Nun standen sie sich mit größerem Abstand im Wasser gegenüber. Inge bis an den Hals bedeckt, Willi hatte noch den Oberkörper im Freien. Die beiden hüpften im Wasser, tauchten unter und kamen prustend wieder hoch. War es Absicht, oder nur dem Herumtollen zu verdanken, aber Inge war inzwischen so weit an das Ufer gekommen, dass ihre Schultern zu sehen waren, mehr noch, der Ansatz ihrer Brüste und die Vertiefung dazwischen zogen Willis Blicke magisch an. Unbeschwert plapperte Inge und sprach über ganz belanglose Dinge. Sie schien es nicht zu bemerken, dass Willi schwieg. Noch einen

Schritt näher kommend spritze sie mit beiden Händen das Wasser in sein Gesicht. Dabei wurden ihre schön geformten jugendlichen Rundungen sichtbar. Merkte sie das gar nicht, dass sie sich immer mehr vor Willi zeigte? Der war erschrocken, aber auch fasziniert von dem, was er zu sehen bekam. Sehr zu seinem Entsetzen versteifte sich sein Glied. Erschrocken griff er mit beiden Händen zu und drückte es gegen die Bauchdecke. Hoffentlich hatte Inge nicht mitbekommen, was sich da unter der Wasseroberfläche tat. Sie schien immer noch unbekümmert und unwissend zu sein, denn langsam kam sie auf ihn zu. „Komm weiter ins Wasser." Dann hielt sie ihm eine Hand entgegen und ging zwei Schritte weiter in die Teichmitte. Willi folgte ihr, und dann hatte er auch ihre Hand erfasst. Sie standen sich gegenüber und sahen sich in die Augen. Weil Willi auch seine zweite Hand nach oben nahm, um sie Inge zu reichen, schnellte sein bisher noch eingeengtes Glied schräg nach oben. Inge schien nichts davon zu wissen, denn sie sah ihm in die Augen. Sie hielten sich nun an beiden Händen fest, noch zwei Armlängen Abstand zwischen ihnen. Inge kam langsam auf Willi zu, beugte sich nach vorn und dann küsste sie ihn leicht auf den Mund.

Das war ein Gefühl, was er noch nie erlebt hatte. Die Mutter gab ihm manchmal einen Kuss, aber nur seitlich auf die Wange oder, wenn er am Tisch saß, auf seinen Kopf. Das hier war anders. Es prickelte in Willis Bauch und fühlte sich so an, als würden tausende Ameisen ihn erstürmen, aber nicht auf der Haut, sondern ganz tief innen. Inge war jetzt so nahe vor Willi, dass sie sich unter Wasser fast berührten. Sie löste ihre Hände aus seinem Griff und legte den linken Arm um seinen Hals. Mit der Hand fasste sie in sein dichtes Haar und schien sich daran fest zu halten. Mit der rechten Hand war Inge in das Wasser eingetaucht. Und plötzlich um-schlossen ihre Finger sein versteiftes Glied. Sie hielt Willi so fest, dass er nicht zurückweichen konnte. Dann näherte sich ihr Mund dem seinen und ein langer Kuss machte erschrockene Laute unmöglich. Jetzt war es alles egal. Viel zu aufregend und anregend gestaltete sich dieses gemeinsame Baden. Seine Hände gingen nun auch auf Entdeckungsreise. An ihren Brüsten angekommen, strich er zaghaft über die kräftig rotbraunen Brustwarzen. Sie fühlten sich fest und steif an.

Lautes Lachen und Rufen kündigten ein größere Zahl Kinder an, die hier am Teich Abkühlung suchten. Weit weg konnten sie nicht mehr sein. Inge und Willi rannten mit Riesenschritten aus dem Wasser, ergriffen schnell ihre am Boden liegende Kleidung und waren kurz darauf im nahen, dichten Gebüsch verschwunden. Nun standen sie sich ganz außer Atem gegenüber. Inge strich mit dem Zeigefinger ihrer linken Hand über seinen noch immer Steifen, und Willi berührte ihre Brustwarzen. So etwas Schönes hatte er noch nie gesehen. Dann ging sein Blick weiter nach unten. Der dichte Haaransatz gab keinen Blick frei auf das, was sich dort noch verbarg. Lange so stehen konnte sie nicht, denn die Kinderstimmen kamen immer näher. Willi schlüpfte in seine Hose und Inge streifte ein bis fast an das Knie reichendes Unterhemd über. Dann stellte sie sich mitten in ihr am Boden liegendes Kleid und zog es nun von unten nach oben. Als die breiten Träger über den Schultern lagen, hob sie noch einmal den Rock weit nach oben. Das darunter liegende lange Hemd hatte sich beim Anziehen mit auf die Reise aufwärts begeben und gab noch einmal einen Blick auf den dichten Haarbusch im Schritt frei. Inge zog das Hemd in die richtige Position, ließ den Rock darüber gleiten und stand nun, fertig angezogen vor Willi. Beide schwiegen, dann ergriff Willi Inges Hand und sie gingen vom Teich weg.

Ein Tag ging zu Ende, der Willis Gefühle durcheinander gebracht hatte. Inge hatte sich schon lange verabschiedet und war, einmal noch winkend, vom Hof gegangen. Zurück blieb Willi, der sich selbst nicht mehr kannte, der erstaunt, aber auch sehr erfreut über das Geschehene war. Aber er musste noch einmal über alles nachdenken, und deshalb ging er in sein kleines Zimmer. Natürlich lag die Katze wieder im Bett. Das war gerade jetzt gut, denn so konnte er sie streicheln und dabei seine Gedanken ordnen. In seinen Vorstellungen sah er Inge, die nicht mehr das kleine Mädchen neben ihm in der Schulbank war, sondern sich zu einer hübschen jungen Frau entwickelt hatte. Er sah ihre Brüste mit den großen und festen Erhebungen. Er spürte noch einmal die prallen Brustwarzen. Der Gedanke, dass Inge ihn an seinem versteiften Glied festgehalten hatte, ließ wieder das Blut in seinen Unterleib schießen. Willi konnte seine Gefühle nicht zuordnen. Schade, dass Aaron nicht da war. Der hätte ihm bestimmt geholfen das alles zu verstehen.

Zwei Tage später trafen sich die Freunde, um das Neueste auszutauschen. Willi konnte sich nicht bremsen, und so sprudelte er alles heraus, was ihn bewegte. Aaron verstand zuerst nicht, was er ihm denn eigentlich erzählen wollte. Aber dann gelang es, die richtige Reihenfolge der Erlebnisse zu finden. Willi berichtete alle Einzelheiten. Vor seinem Freund hatte er keine Scheu, auch seine und Inges Körperlichkeit zu beschreiben. Aaron hatte lächeln zugehört. Er konnte sich vieles genau vorstellen, schließlich war er drei Jahre älter und schon länger als sein Freund, mit dem erwachenden Leib konfrontiert. Er wusste, welche Gefühle den Köper überschwemmen konnten. In einem Punkt war ihm aber Willi voraus. Aaron hatte noch keinem Mädchen an die Brust gefasst. Es war undenkbar, dass er so etwas in absehbarer Zeit tun würde. Er musste erst die richtige Frau für eine Ehe finden, dann...

Willi war mit der Meinung und den Antworten seines Freundes zufrieden. Sie sprachen nun über den Krieg und ungenutzte Gelegenheiten, zum Frieden zu gelangen. Die blutigen Kämpfe forderten auf allen Seiten viele Menschenleben. Auch das Aufgebot an Kriegstechnik brachte keine Entscheidungen. In jeder

Schlacht wurde immer bis zum bitteren Ende oder Totalverlust gekämpft. In Deutschland wurden die Lebensmittel knapp. Die öffentlich verbreitete Propaganda, die englische Seeblockade sei daran schuld, glaubten die Menschen längst nicht mehr. In großen Städten demonstrierten die Frauen. Sie forderten Essen und riefen: „gebt uns die Männer zurück". Das war im Dorf nicht so zu spüren, zumal die Bauern viele ihrer Erzeugnisse auf dem Schwarzmarkt verkauften.

Viel mehr Mühe machte es, einen neuen Pfarrer zu finden. Den alten hatte der Schlag getroffen. Er lag noch 11 Tage in seinem Bett, den starren Blick ins Nichts gerichtet, bevor er starb. Alle sprachen von einer Erlösung. Seitdem gab es nur jede zweite Woche Gottesdienst, der vom Nachbardorf bedient wurden.

Eine Hand voll Frauen hatten sich in einer Versammlung zusammengefunden, um auch als Ernste Bibelforscher Gott zu dienen. Der gefürchtete Untergang kam nicht und der Krieg zeigte sich nicht als Eingreifen Gottes in das Weltgeschehen, sondern wurde als das was es war, verstanden: ein von Menschen gemachtes Inferno. Eifrig war man nun bemüht, die Ankündigungen von der Errichtung des Göttlichen Reiches umzudeuten. Aber im Dorf nahm kaum noch jemand Notiz von der Handvoll Frauen, die sich in einem Wohnzimmer trafen und dieses in „Königreichsaal" umbenannt hatten.

Alles das interessierte die beiden Freunde. Willi war erstaunlich reif für sein Alter, und Aaron schon immer an Warum-Fragen interessiert. Er wollte schon als kleiner Junge hinter alles schauen.

Als Willi sich verabschiedete und nach Hause gehen wollte, bat Aaron, ihn begleiten zu dürfen. Kaum aus dem Haus fragte er seinen Freund, ob er ihm auch erzählen würde, wenn es mit Inge mehr geben sollte. Aaron wollte ganz genau wissen, was und wie es denn sein würde. Willi nickte mit dem Kopf: „Na klar. Du erfährst alles. Wir sind doch Freunde."

Sie verabschiedeten sich und jeder ging, seinen Gedanken nachhängend, in seine kleine Welt zurück.

Heute war Sonntag, der 22. August. Willi hatte sich für den Nachmittag mit Inge verabredet. Sie wollten sich am Dorfausgang treffen, dort, wo die Straßengabelung nach links in den Gemeindewald, und rechts nach Linda führt. Schon nach dem Mittagessen hatte er sich auf den Weg gemacht, so bekamen die Eltern gar nicht mit, dass er nicht mehr auf dem Hof war. Willi hatte keine Lust, die Fragen der Mutter zu beantworten.

Es war noch so früh am Nachmittag, dass Inge noch gar nicht da sein konnte. Gelangweilt sammelte Willi Steine vom Wegesrand und warf sie gegen den Stamm der alten Eiche. Es waren bestimmt schon zwölf Steine vom Baumstamm abgeprallt. Jetzt hatte er ein besonders großes Exemplar in der Hand, holte weit aus und warf mit aller Kraft den Stein in Richtung Eiche. Er war leider zu hoch gezielt. Aber bei dem Aufprall klang es ganz dumpf aus dem Stamm. Neugierig ging Willi näher heran, aber in diese Höhe konnte er nicht klettern. Die untersten Äste waren für ihn unerreichbar. In seine Überlegungen, wie er denn am besten dort hinauf kommen könnte, kam, ganz außer Atem, Inge angerannt. Sie sah wunderschön aus, ihre langen Haare hatte sie glatt nach hinten gekämmt und dann zu einem Zopf geflochten, den sie am Hinterkopf zu einem Kranz gesteckt hatte. Das Gesicht wirkte durch die strenge Frisur noch erwachsener.

Unbekümmert küsste sie ihn auf den Mund. Dann nahm sie seine Hand und wollte genau wissen, was sie denn nun gemeinsam machen könnten. Zuerst wollte Willi das hohle Geräusch am Baumstamm erkunden. Er erzählte kurz von seinen Steinwürfen, und seine Überlegungen, wie er denn da hoch kommen könnte. „Vielleicht kannst mich etwas hochheben?" fragte er, aber Inge schüttelte nur den Kopf. „Du bist zu schwer für mich. Aber du kannst mir hoch helfen, dann kann ich ja sehen, was da ist." Nach kurzem Überlegen, wie das am besten zu schaffen ist, stellte sich Willi mit dem Rücken an den dicken Baumstamm. Dann faltete er seine Hände vor dem Bauch, ging etwas in die Hocke, so dass Inge den rechten Fuß in die Handflächen setzen konnte. Langsam richtete er sich auf, dabei das Mädchen schon nach oben schiebend. Vorsichtig hob sie ihr linkes Bein und suchte mit dem Fuß Halt auf seiner Schulter. Um sich abzustützen hatte sie beide Arme nach links und rechts ausgestreckt. Natürlich konnte sie den dicken Baumstamm nicht umfassen, aber ihre Kletterkünste etwas mehr stabilisieren. Als sie das andere Bein nachgezogen hatte und den Fuß fest auf der anderen Schulter abgesetzt hatte, reichten ihre nach oben ausgestreckten

Finger an einen dicken Ast. Sie musste sich sehr strecken, aber es gelang ihr, mit beiden Händen fest zuzupacken. Inge zog sich mit aller Kraft nach oben. Willi stand genau unter ihr, und als er ihr nachschaute, fiel sein Blick unter ihren Rock. Der weite Rock, aber auch das lange Unterhemd, gaben Einblicke frei, die Willis Blut wieder in Wallung brachten. Inge hatte ganz anderes im Kopf, denn sie konnte sich mit den Füßen auf dem Ast fixieren und endgültig nach oben ziehen. Triumphierend schaute sie nach unten, bevor sie im Geäst weiter nach oben kletterte. Für Willi gab es nicht mehr viel zu sehen, weil viele Blätter die Sicht versperrten. Es raschelte im Baum, doch dann rief Inge, sie hätte die hohle Stelle entdeckt. Es sei ein großes Loch im Baum. Sie konnte gut ihren Arm hineinstecken. Mit ihren Fingerspitzen kam sie fast bis an den Grund. Irgendetwas verschob sich bei ihrem Versuch, zuzugreifen. „Willi, hier ist was" rief sie. Aber seine Frage, was es denn sei, blieb unbeantwortet. Stattdessen tauchte ihr verschwitztes Gesicht auf dem starken unteren Ast auf. Sie war zurückgeklettert und berichtete nun, was sie gespürt hatte. Gemeinsam überlegten sie, was das wohl sein könne. Als die Sprache auf Geld kam, vielleicht ein oder mehrere Schein, war die Sache klar. Sie mussten das Versteck ausräumen. Nur wie? Willi hatte längere Arme. Er könnte besser an die vermeintlichen Schätze herankommen. Aber niemals würde Inge es schaffen, ihren Schulfreund genau so in die Höhe zu hieven, wie er es mit ihr getan hatte. Aber sie hatte eine Idee, wie eine Lösung aussehen könnte. „Willi" ,rief sie nach unten, „Lauf schnell nach Hause und hole einen Kälberstrick. Den kannst Du mir dann zuwerfen. Ich knüpfe ihn hier oben fest, und du brauchst nur noch hoch zu klettern." Willi lief, als ginge es um das Leben. Er war schnell zu Hause, lief in den Stall, suchte ein Seil, aber dort war nichts. Vielleicht in der Scheune, dachte er. Und richtig dort lagen sauber aufgerollt mehrere feste Hanfseile. Willi ergriff eines, rollte es aus, um die Länge zu bestimmen. Das würde mit Sicherheit reichen und so rief er laut „passt"! Der Vater hatte ihn gehört, sah aber nur noch, wie er schon wieder vom Hof rannte. Kopfschüttelnd sah er seinem Jungen nach. Er ist eben doch noch ein Kind, dachte er.

Es waren höchstens acht Minuten vergangen, als Willi atemlos wieder unter dem Baum auftauchte. Er rief nach Inge, die sich zu ihm ein Stück herabbeugte. „Wirf schon hoch!" Aber mehrere Versuche, das Seil nach oben zu befördern, schlugen fehl. Dann endlich konnte Inge das ihr zugeworfene Ende festhalten. Sie fand eine gute Stelle im Geäst, an die das Seil geknotet werden konnte. Es war fast geschafft. Willi hatte genügend Kraft in den Armen, um sich mühelos nach oben zu ziehen. Nun saß er neben Inge auf dem großen, weit ausladenden Ast. Sie schickte ihn voraus, immer die Richtung weisend. Willi hatte schnell die Stelle erreicht, von der aus er nicht nur die kleine Baumhöhle sehen, sondern auch in sie hinein fassen konnte. Inge hatte sich eine andere Stelle gesucht, wo sie, nahe genug am Ort des Geschehens, alles genau sehen konnte. Sollte Willi Hilfe brauchen, war sie genau an der richtigen Stelle. Der griff nun in das Innere der Höhle. Dabei ertastete er irgendetwas, was sich wie Papier anfühlte. Willi griff fest zu und beförderte mit seiner Hand einige Briefe ans Tageslicht. Die reichte er Inge, um gleich wieder seine Hand in das Höhleninnere zu versenken. Einige Minuten war er damit beschäftigt, bis sich nach seiner Einschätzung nichts mehr in der Baumhöhle befand. Inge hatte alles in ihrem Schoß geordnet und hielt nun ein Bündel unterschiedlichster Briefe in der Hand. Einige waren von außen beschrieben, andere nicht. Inge sah sich im Baum um, dann zeigte sie auf eine Astgabel, noch etwa zwei Meter höher, als der Platz, an dem sie gerade saßen. „Lass uns da nach oben klettern. Ich denke, dort können wir am besten sitzen." Willi kletterte als erster in die Astgabel, dann kam Inge und beide konnten ziemlich bequem nebeneinander sitzen. Sie hatte von Willi die Briefe entgegen genommen und übereinander gelegt. Nun nahm sie den ersten in die Hand. Er war zugeklebt. Ob sie überhaupt diese Sachen sehen dürfen? Diese Frage wurde von Inge weggefegt. Sie öffnete einfach den ersten Umschlag. Das Papier war stark vergilbt und ein getrocknetes Kleeblatt fiel heraus. Das hatte schon zwei der vier Blätter verloren. Inge las laut die wenigen Zeilen vor: „Mein geliebter Schatz. Ich darf dich nicht mehr sehen, weil ich einen anderen heiraten soll. Du bist aber die Liebe meines Lebens. Dann eher bringe ich mich um, als ohne dich mein Leben zu verbringen." Im Brief stand nur ein Datum, Sonntag der 18. Juni 1882, aber keine Unterschrift.

Lange hielt Inge diesen Brief stumm in der Hand. Sie war innerlich aufgewühlt, diesen Ausdruck von Liebe gelesen zu haben. War es wirklich richtig, diese so persönlich geschriebene Post zu lesen? Drangen sie da nicht in einen intimen Bereich vor, in dem sie nichts zu suchen hatten? „Willi, lass uns runter klettern. Ich muss jetzt nach Hause." Willi verstand nichts mehr. Was war jetzt mit Inge los? Sie war doch begierig gewesen herauszufinden, welche Schätze im Baum versteckt waren. Schweigend kletterten sie von der Eiche. Willi hatte vorher noch das Seil abgeknüpft, so dass es leicht vom Baum gezogen werden konnte. Niemand sollte sehen, dass jemand oben gewesen ist. Dann gingen Inge und Willi die Dorfstraße entlang An der Kreuzung, an der sich ihre Wege trennten, verabschiedete sich Inge. „Ich komme morgen zu dir." Dann verschwand sie um die Ecke. Die Briefe hatte sie, vor ihrer Brust haltend, alle mitgenommen.

Der Montag begann regnerisch und recht kühl. Nun war es nur noch eine Woche, bevor Willi als Lehrling einen neuen Lebensabschnitt beginnen würde. Seine Eltern Ernst und Anna hatten in den letzten Tagen sehr großzügig übersehen, dass Willi sich nicht mehr um seine Pflichten kümmerte. Sie ahnten, was den Jungen alles bewegte, der nun bald mit seinen vierzehn Jahren auf sich selbst gestellt war. Ein wenig beruhigte es sie, dass es ja auch noch die Wirtin in der Pension gab, die ganz sicher auf den Jungen aufpassen würde.

Am Nachmittag kam Aaron wieder nach Trona. Endlich konnten sich die Freunde sehen und das Neueste austauschen. Aber vorher hatte sich Inge angekündigt. Sie ließ auch nicht lange auf sich warten. Der beste und ruhigste Platz, so dachte sich Willi, wird wohl der große duftende Heuhaufen in der Scheune sein. Inge war alles recht, sie hatte einfach nur vieles auf dem Herzen, was sie loswerden wollte. Kaum hatten sie es sich im Heu bequem gemacht, beugte sich Inge zu Willi und küsste ihn einfach auf den Mund. Dann nahm sie seine linke Hand, er saß genau neben ihr, und drückte sie fest mit ihren kleineren Fingern. „Willi" dabei schaute sie ihm in die Augen „du wirst mein Mann. Ich weiß, dass ich dich liebe, also werden wir heiraten." Einen solchen Hochzeitsantrag, fast im Befehlston gesprochen, hatte er nicht erwartet, nicht heute, nicht hier und schon gar nicht von Inge. Dann fuhr sie fort: „Der Bauer hat versucht, mir unter den Rock zu fassen. Ich habe ihm so das Gesicht zerkratzt, das er das nie wieder wagen wird. Außerdem hat ihn die Bäuerin mit einem großen Kochlöffel gehörig den Rücken bearbeitet. Ich gehöre ab jetzt nur dir,

Willi." Sein Schweigen verwirrte sie, deshalb bat sie um eine Antwort. Willi wandte sich ihr zu, sah sie an und holte tief Luft, aber er schwieg weiter. Inge wartete auf eine Reaktion. So schweigsam war Willi doch sonst nicht, ja, auch noch nie gewesen! Dann legte er sich auch noch einfach nach hinten in das Heu. Nun verstand Inge gar nichts mehr. Plötzlich spürte sie seine Hand an der Schulter. Sanft zog er sie neben sich. Nun lagen sie im duftenden Heu und starrten an die Deckenbalken. „Inge, ich kann dir gar nicht sagen, wie stolz ich bin. Ich bin ja erst 14 ¾, aber ich hab dich sehr gern. Ich habe dich schon nackt gesehen, du weißt schon, beim Baden vor wenigen Tagen. Du hattest keine Angst, mich anzufassen. Aber ich muss erst meine Lehrzeit schaffen. Da gibt es viel mehr zu lernen, als damals in unserer Schule. Aber dann werde ich zu dir kommen und dich heiraten. Du bist wunderschön. Ich habe immer wieder seit unserem Baden geträumt, dich noch einmal nackt zu sehen. Aber wir sind doch dafür noch zu jung, oder?" Willi schwieg und seine Worte lagen schwer auf Inge, Was sollte sie denn nun darauf antworten? Plötzlich setzte sie sich im Heu auf, fasste ihr Kleid am Rocksaum an und hob es so hoch, dass ihre dichte Schambehaarung sichtbar wurde. Dann legte sie sich wieder zurück, unsicher abwartend, was nun geschehen würde, Willi hatte sich hingesetzt und betrachtete dieses ungewöhnliche Bild. Dann beugte er sich über sie und küsste zaghaft ihren dichten Haarbewuchs. Mehr nicht. Er nahm den hochgehobenen Rocksaum und zog ihn wieder in die Position, in die er gehörte. Dann legte sich Willi zurück und zog Inge an seine Seite. Sie lagen lange schweigend nebeneinander. „Inge" ,sprach er, „Wir gehören zusammen. Aber wir müssen noch eine Zeit auf uns warten. Ich verspreche Dir, dass es nie, wirklich nie, eine andere Frau geben wird. Du hast mir eben so vertraut, dass ich dir nicht weh tun würde." Dann schwieg er wieder.

Es wurde schon schummrig in der Scheune, als der Vater die Leiter nach oben kletterte, um die beiden zum Abendessen zu holen. Als erster stieg er wieder hinunter und wartete, bis die beiden unten auf dem Scheunenboden standen. Dann nahm er sie links und rechts an die Hand und führte sie in die Küche. Inge weinte, und Anna versuchte sie zu trösten. „Ist etwas passiert?" fragte sie sorgenvoll. „Nein, ich bin nur so glücklich" war Inges Antwort.

Über dem Zusammensein mit Inge hatte Willi nicht mehr an seinen Freund Aaron gedacht. Er wollte aber unbedingt noch sehen, wie es ihm geht. Nachdem er Inge nach Hause begleitet hatte, war er noch zum Haus der Schreiters gelaufen. Es war schon sehr spät, und eigentlich hätte er nicht mehr hier stehen und jetzt auch noch klopfen dürfen. Aber er konnte nicht bis morgen warten Er musste sehen, dass es Aaron gut geht. Die Haushälterin öffnete die Tür und bat Willi, in das Haus zu kommen. Sie zeigte die Treppe hoch und sagt: „Er wartet auf dich." Dann ging sie zur Küche und Willi stürmte die Treppe hoch. Die Freude der Beiden war so groß, dass es mit Sicherheit im ganzen Haus zu hören war. „Willi, ich habe dir etwas aus der Stadt mitgebracht. Hier!" Damit überreichte Aaron seinem Freund eine silbrig glänzende Schachtel. Willi zog vorsichtig den Deckel hoch. Was er dann sah, trieb ihm Tränen der Freude in die Augen. Im Karton stand ein Tintenfass, vollgefüllt mit blauer Tinte. In einer Schale aus geschliffenem Glas lag ein Federhalter. Der Griff aus schwarzem und poliertem Holz und mit einer goldenen Feder. Auch ein Tintenlöscher gehörte zu diesem Schreibset. „Willi, bald beginnst Du Deine Lehre. Das soll Dein persönliches Werkzeug sein. Du wirst sehen, damit wird dir alles gelingen."

Wie Willi nach Hause kam, wusste er am nächsten Morgen nicht mehr. Er war so überwältigt, dass Lachen und Weinen, Freude und Wehmut auf dem Nachhauseweg dicht beieinander waren. Der Schlaf ließ sehr lange auf sich warten, weil Mama und Papa, Aaron und Inge und Herr und Frau Schreiter durch seinen Gedanken geisterten. Erst als die Katze zu ihm ins Bett sprang und schnurrend neben seinem Kopf ihren Schlafplatz gewählt hatte, konnte auch Willi einschlafen.

„Willi", die Stimme der Mutter war nicht zu überhören, als sie nach ihm rief. Wie spät wird es wohl sein? „Willi, Inge ist da! Steh endlich auf und komm, etwas essen!" Es dauerte nicht lange, und Willi kam in die Küche, gerade als Inge für ihn heiße Milch in den Blechbecher goss. Die Mutter stellte noch das Brot und die Butter auf den Tisch, bevor sie wieder an ihre Arbeit ging. „Was willst du so früh, Inge?" „Wir müssen noch über die Briefe reden und vor allem, sie wieder zurücklegen." Sie hatte sich neben ihn gesetzt und ihre Hand auf seinen Unterarm gelegt. Als sie sah, dass er so nicht essen konnte, nahm sie ihre Hand zurück. Dann berichtete Inge, dass sie alle Briefe gelesen hätte. Alle waren Brief von unglücklichen, traurigen, einsamen, hoffnungsvoll wartenden Liebespaaren. Alle hatten ihre Sorgen dem Papier anvertraut in der Hoffnung, dass irgend ein überirdisches Wesen, vielleicht ein Engel, sich ihrer Probleme annimmt.

Das für Inge Wichtigste war aber, dass auch sie einen Brief geschrieben hatte. Er war noch nicht zugeklebt. Inge zog ein beschriebenes Blatt aus dem Umschlag, dann las sie vor: „Ich bin verliebt. Wilhelm ist so ein hübscher Mann. Wir müssen noch aufeinander warten, aber wir werden uns treu bleiben. Ihr Engel, behütet ihn, wenn er bald in die Stadt geht, um dort zu lernen!"

Sorgsam zusammengefaltet, steckte Inge ihren Brief wieder in den Umschlag. „Willi, hilf mir bitte, alles wieder zurückzulegen. Du kannst mir doch noch einmal in den Baum helfen. Ich muss das tun. Kannst du mich verstehen?" „Komm" sagte Willi, nahm Inge an der Hand und ging mit ihr zur alten Eiche. Auch diesmal war es nicht einfach, Inge auf den untersten großen Ast der Eiche zu helfen. Aber es gelang beiden, die Höhe zu überwinden. Inge trug heute ein Kleid aus leichtem Leinen, dass in der Taille mit einem kleinen Gürtel gebunden war. Den hatte sie besonders fest gezogen und die Briefe kurz vor Ihrer Klettertour in den Ausschnitt gesteckt. So konnte sie sicher sein, dass die ungewöhnliche Post nicht nach unten fiel. Schnell verschwand sie in den weit ausladenden Ästen und Zweigen, und die großen Blätter der Eiche verhinderten, Inge auf dem Weg nach oben zu beobachten. Willi musste warten, aber sie kam nicht wieder nach unten. War ihr etwas geschehen? Selbst auf seine lauten Rufe reagierte sie nicht. Unruhig lief er immer wieder um den Baum, aber Inge war nicht zu sehen. Da endlich tauchte ihr Gesicht zwischen den großen Blättern auf. „Hilf mir nach unten, Willi!" rief sie ihm zu. Dann hangelte sie sich von einer großen Astgabel herab. Nun hing sie, sich oben fest angeklammert, zwischen Geäst und dem tief unter ihr liegenden Boden. Willi war unter sie getreten und hatte ihre Beine fest umklammert. „Du kannst jetzt los lassen. Ich halte dich." Dann ging alles sehr schnell. Inge löste ihre Hände vom Baum und rutschte nach unten. Willi hatte ihre Beine zwar fest umschlossen, aber durch den plötzlichen Ruck von oben, glitt sie tiefer als erwartet, durch seine Hände nach unten. Einzig der Rocksaum hing noch oberhalb von Willis Umklammerung, aber Inge stand schon auf dem Boden, dicht vor ihm. Ungewollt hatte er sie entblößt, aber beide mussten herzhaft lachen. Inge zog den Rocksaum nach unten, dann ergriff sie seine Hand und beide gingen die Dorfstraße entlang bis zu Willis Elternhaus. In der Küche liefen schon die Vorbereitungen für die Mittagsmahlzeit. „Setzt euch", sagte die Mutter. Willi wollte nun genau wissen, warum Inge so lange auf dem Baum gebraucht hatte, um wieder nach unten zu kommen. So berichtete das Mädchen, dass sie jeden Brief einzeln in die Baumhöhle gelegt hatte.

Briefe... Baumhöhle... Die Mutter des Jungen war aufmerksam geworden und wollte nun Einzelheiten wissen, was das denn alles zu bedeuten hätte. Willi berichtete ausführlich vom gestrigen Tag und Inge ergänzte ihren Teil der Geschichte, vor allem aber die Sache mit den Briefen. Mutter Anna setzte sich an den Tisch, sah die beiden an und begann ihrerseits eine berührende Geschichte zu erzählen.

„Ich war 14 Jahre alt, als ich hier her nach Trona kam. Meine Mutter war gerade gestorben, und Vater konnte es nicht überwinden, dass sie nicht mehr da war. Er hatte kurz vor Weihnachten ein Schwein an unseren Nachbar, den Hans, verkauft. Bei diesem Handel fragte mein Vater ihn auch, ob nicht vielleicht eine Magd gebraucht würde. Und so gab er mich hier in Trona in den Dienst. Dann kam alles sehr schnell. Zu Ostern bekamen wir in der Kirche unsere Schulzeugnisse. Der Pfarrer ermahnte uns in der Predigt, treu und gewissenhaft unsere Pflichten zu tun, und Gott, dem Kaiser und dem Vaterland treu zu dienen. Kurz nach Ostern brachte mich Vater dann hier her. Ich hatte Angst vor all dem Neuen und wusste nicht, ob ich alles recht machen könnte. Der Bauer und seine Frau waren gut zu mir. Es gab nur einmal einen Klatsch ins Gesicht, als mir ein Tonkrug mit frischem Rahm aus der Hand rutschte und zu Boden fiel. Er landete hart auf einem Stein, zerbrach, und sein Inhalt lief in alle Richtungen davon. Die Bauersfrau klatschte mir eine, der Bauer zuckte nur mit den Schultern und ging in den Stall. Nur zwei Schweine hatten offensichtlich ein großes Vergnügen mit meinem Unglück, denn sie schlabberten den frischen Rahm in ganz kurzer Zeit gründlich von der Erde. Aber mit meiner Arbeit kam ich gut klar. Ich bekam genug zu essen, durfte im Haushalt mitarbeiten und lernte zu kochen. Nur das Schrubben der Dielen in der Stube mochte ich gar nicht. Ich hatte dann immer an beiden Händen meine Knöchel aufgescheuert. Ich war schon fast drei Wochen hier in Trona, als ich auf dem Nachbarhof einen jungen Mann sah. Er war einige Jahre älter als ich, bestimmt schon zwanzig. Aber er sah gut aus. Sein kräftiger Oberkörper war von der Frühlingssonne gebräunt. In meinem Kopf schien es ein Gewitter zu geben, so wirbelten meine Gedanken durcheinander. Ich wusste, dass ich diesen Mann haben wollte. Es vergingen noch einige Tage, bis ich zaghaft die Bäuerin nach dem Nachbarn fragte. Sie erklärte mir, dass er allein den Hof bearbeitet. Sein Vater war vor drei Jahren gestorben und die Mutter starb nur knapp ein Jahr später. Es hieß im Dorf, der Kummer hätte sie nicht mehr los gelassen und sie musste ihrem Mann einfach folgen. Mich bewegte es viele Tage, was drüben passiert war. Selten sah ich Ernst, aber immer fester hatte ich den Wunsch, seine Frau zu werden. An einem Sonntag nach der Kirche sprach ich noch mit dem neuen Knecht vom Fiedler-

Bauern. Der erzählte mir von der Eiche am Dorfausgang und dass es eine uralte Sage gibt. Jeder unglücklich Verliebte, der sein Anliegen in einen Brief schreibt und den dann in eine kleine Höhle ziemlich weit oben, nahe an der Baumkrone, legt, der würde seine Liebessehnsucht erfüllt bekommen. Der Jungknecht wollte am Nachmittag zum Baum gehen, und selbst einen Brief hinbringen. Er hatte sich in ein Mädchen verguckt, aber die war eine Bauerntochter. Er sah keine Möglichkeit, ihr seine Liebe zu gestehen und so schien sein Brief in der Baumhöhle die einzige Möglichkeit zu sein, dass noch alles gut werden würde. Ich verabredete mich für den Nachmittag mit ihm. Zuhause bat ich nach dem Mittagessen und dem Abwasch um ein Blatt Papier. Der Bäuerin sagte ich nur, dass ich einen Brief schreiben wolle. Sie schaute mir ins Gesicht und fragte nur: „für die Eiche?" Ich nickte, aber für sie war das Thema erledigt. Also schrieb ich mein wichtigstes Anliegen auf den Bogen Papier. Dann klebte ich den Brief zu und ging rechtzeitig zum Baum. Ich hatte es geschafft, dass auch mein Brief in der Baumhöhle lag." Inge hatte ganz interessiert zugehört. Sie hatte Tränen in den Augen. Dann sagte sie leise: „Den schönsten Brief kenne ich auswendig, so oft habe ich ihn gelesen. Lieber Gott und all ihr Engel. Ich bin hier in Trona, aber oft sehne ich mich nach Hause. Aber jetzt habe ich Ernst auf dem Nachbarhof gesehen. Er ist ein starker und schöner Mann. Macht es bitte, dass wir ein Paar werden. Beschützt ihn und sein Haus vor Not, Gefahr und Feuer. Wenn wir verheiratet sind, dann werden wir Kinder haben, die wir mit Liebe erziehen werden."

Anna saß ganz ergriffen am Tisch. Sie sah mit feuchten Augen auf Inge und ihren Willi. „Ja, das habe ich geschrieben, damals. Und heute? Meine Wünsche haben sich erfüllt. Ernst ist mein Mann. Vielleicht wurde uns vom Himmel ganz besonders viel Segen geschenkt. Wir haben einen starken und klugen Sohn. Willi, du wirst bald in ein anderes Leben treten. Wir sind ganz stolz auf dich. Und du, Inge, deine Wünsche aus dem Brief werden bestimmt erfüllt. Du musst nur fest daran glauben."

Dann stand Anna auf, deckte den Tisch und stellte die dampfenden Kartoffeln mit frischem Quark auf den Tisch. Schnell hackte sie noch ein Büschel Gartenkräuter, gab alles in die Quarkschüssel und rührte kräftig um. Am Tisch war es ruhiger als sonst. Jeder hing seinen Gedanken nach, außer Ernst, der ja ohnehin nie viel redete.

Der Abschied rückte für Willi immer näher. Herr Schreiter wollte ihn am Montag früh um sieben mit seinem neuen Auto abholen. Er musste ohnehin in die Fabrik in der Stadt, und Willi wurde so die mühsame Anreise erspart. Die größte Überraschung war aber, dass Aaron mit im Auto saß. Der sollte sich an der Handelsschule vorstellen.

Der Abschied von den Eltern war kurz. Vater hatte Willi nur die Hand auf die Schulter gelegt, ihm in die Augen gesehen und gesagt: „Junge, vergiss nie zu beten, bleib anständig zu Allen und behalte Mutter lieb. Alles andere schaffst du." Dann wandte er sich ab und ging ins Haus. Nur die Mutter brauchte etwas mehr Zeit zum Verabschieden. Nach einigen Küssen und Umarmungen und einer feuchten Schulter bei Willi, war sie dann bereit, ihn endlich loszulassen. Noch einmal winkend, beschäftigten sich die beiden Jungen mit sich selbst. Sie saßen auf der Rückbank und tauschten alle Neuigkeiten aus. Auch das Freundschaftsversprechen wurde wieder besiegelt. Viel zu schnell kamen sie in der Stadt an. In der Pension wurde der schwere Holzkoffer, den der

Vater irgendwoher besorgt hatte, abgestellt. Mit einer artigen Verbeugung hatte Willi seine neue Wirtin begrüßt. Aber es ging gleich weiter in die Firma. Noch vorher stieg Aaron aus dem Auto, winkte seinem Freund zu und betrat ein großes Gebäude mit hohen Fenstern.

Als nun der Wagen an der Firma ankam, staunte Willi. Das Betriebsgelände war für seine Begriffe riesig. Drei große Gebäude umschlossen U-förmig den Hof. Zwei Lastwagen wurden gerade mit Stoffballen beladen. Aus einem Gebäudeteil stieg ständig Dampf in die Luft. Es war eine Vielzahl fremder Geräusche und Gerüche, die Willi verwirrten.

Hinter Herrn Schreiter betrat er das Mittelgebäude und stieg eine Treppe nach oben. In einem ersten Raum, gegenüber der Treppe, stand ein Schreibtisch. Wandhohe Regale mit verschließbaren Türen waren bis oben angefüllt mit Aktenordnern. Gegenüber vom Schreibtisch standen vier gepolsterte Stühle an einem kleinen Tisch. Auf der Fensterbank gab es drei Blumentöpfe mit kräftigen Grünpflanzen. Genau gegenüber der Eingangstür gab es noch eine Tür, die sich von innen öffnete. Ein grauhaariger Mann in korrektem Anzug kam auf Herrn Schreiter und Willi zu. Er begrüßte zuerst den Firmenbesitzer, bevor er sich Willi zuwandte. „Also du bist nun der neue Lehrling. Ich heiße Scholz und bin hier der Prokurist. Dann wandte er sich an die Frau, die von ihrem Schreibtischstuhl aufgestanden war. „Lassen sie Gunther den Botenjungen kommen. Er soll Wilhelm die Firma zeigen, so bekommt er gleich einen ersten Einblick." Zu Willi gewandt sagte er nur: „Setz dich dort an den Tisch. Du wirst gleich abgeholt. Wir sehen uns dann später." Die beiden Herren gingen in den Nachbarraum und schlossen von innen die Tür. Es dauerte nicht lange, und die Tür zum Treppenhaus wurde stürmisch aufgerissen. Ein sommersprossiger Junge mit rotblondem Haar kam in das Vorzimmer, begrüßte Willi, der vom Stuhl aufgestanden war, und musterte ihn von oben bis unten. Die Frau, die Gunther geholt hatte kam kurz nach dem Botenjungen wieder zurück an ihren Schreibtisch.

Fast zwei Stunden waren Gunther der Botenjunge und der neue Lehrling Willi auf dem ausgedehnten Fabrikgelände unterwegs. Als sie wieder zurück waren, war Herr Schreiter schon abgefahren. Unterwegs hatte Willi noch erfahren, dass es sich im Mittelgebäude um das Büro der Chefsekretärin Fräulein Binder handelt, und nebenan der Prokurist Scholz als Vertreter des Firmeninhabers arbeiten würde. Wer zu ihm in das Zimmer musste, hatte irgendetwas falsch gemacht, und bekam dort seine Strafpredigt, vielleicht sogar die Kündigung. Für alles andere waren die Meister der einzelnen Abteilungen verantwortlich.

Am Abend lag Willi so erschöpft im Bett, dass er sofort einschlief. Schon beim Abendessen, gemeinsam mit den Pensionsgästen, war er fast eingeschlafen.

Die nächsten Tage vergingen so schnell, dass Willi weder an zu Hause, noch an seinen Freund Aaron oder gar an Inge denken konnte. Ihm schwirrte der Kopf von allem Neuen. Es war eine andere, lebhafte und laute Welt, als die, die er vom Hof her kannte. Willi bekam immer wieder Neues gezeigt.

Zwei Wochen waren nun schon vergangen. Für Willi begann eine erste Etappe seiner Lehrausbildung. Er sollte jeweils für vier Wochen in den einzelnen Produktionsabteilungen mitarbeiten. Zuständig waren die Meister, die ihn einwiesen und beaufsichtigten. Es gab viel Korrektur, aber Willi gelang es immer besser, das geforderte Pensum zu erfüllen. Nicht alle Arbeiten machten ihm Spaß, doch er versuchte nicht, sich irgendwo durchzumogeln.

Es gab in der Fabrik noch andere Lehrlinge. An einem Spätnachmittag kam der Botenjunge Gunther auf ihn zu. „He Willi, komm mal mit. Ich will dir was zeigen." Ahnungslos folgte er dem Vorauseilenden. Aber was sollte das denn? Der ging ja auf das Männerklo. Willi wusste, wie es dort aussah. Es gab links neben der Tür eine Rinne, ähnlich wie damals in der Schule. Daran schlossen sich drei abgegrenzte Klokabinen, die man aber, im Gegensatz zur Schule, verriegeln konnte. An der Rinne standen drei Jungs, Lehrlinge, etwa in seinem Alter. Erstaunt schaute er sich um. Gunther schloss noch die Tür und dann drehten sich alle in Willis Richtung. „Komm, mach mit", sagte einer. Willi sah, wie alle ihre versteiften Glieder mit der Hand bearbeiteten. Nein, das wollte er nun gar nicht! Er drehte sich zur Tür, schob Günther, der grinsend davor stand, zur Seite und verschwand.

Für Willi begann einige Tage später eine schwierige Zeit. Irgendjemand hatte über ihn verbreitet, er sei ein hochnäsiger Bauerntölpel, der sich an einen Fabrikantensohn herangemacht hätte. Niemand könne genau wissen, ob er nicht auch Unzucht betrieben hätte. Woher und durch wen dieses Gerücht aufgekommen war konnte nie festgestellt werden. Aber das Getuschel in der Fabrik machte ihm schwer zu schaffen. Willi schämte sich, war zornig, dann wieder resigniert – und zu allem Unglück allein. Die Eltern hätte er nicht damit belastet, aber Aaron und Inge wären genau die Richtigen gewesen, um sich auszuheulen.

Zwei Tage später wurde am frühen Nachmittag angeordnet, dass alle Arbeiter und Angestellten sofort auf dem Fabrikhof zu erscheinen hätten. Dann trat der Prokurist aus der Tür des Verwaltungsgebäudes. Er stieg auf eine Transportkiste, um die Versammelten besser zu überschauen. Mit ungewöhnlicher Schärfe sprach er über die kursierenden Gerüchte. Dabei benutzte er Worte und Begriffe, die man aus seinem Mund so nicht erwartet hatte. Sollte es noch jemand wagen solche Schweinereien und Lügen zu verbreiten, der könne gleich kommen und seinen Restlohn abholen. Für solche gäbe es keinen Platz in der Firma. Dann wandte er sich um, stieg von der Kiste und ging zurück in sein Büro.

Wie erstarrt war Willi, als er die Worte hörte. Ein anderer Lehrling hatte eine Hand zur Faust geballt und deutete Rache an. Willi war es im Magen so übel, dass er sich heftig übergeben musste. Zu seinem Glück war Fräulein Binder noch auf dem Hof. Sie ließ Willi von einem Werkstattmeister in ihr Büro tragen. Dann klopfte sie an die Tür des Chefzimmers, trat ein und berichtete, was sie gesehen hatte, und wie Willi zusammengesunken sei. Der Prokurist war von seinem Schreibtischsessel aufgestanden, hatte seinen Hut von der Garderobe genommen und ihn aufgesetzt. Dann forderte er die Sekretärin auf, mitzukommen. Sie standen wenig später vor Willi, der ganz bleich und aus trüben Augen auf die Beiden sah. „Komm, Willi, wir bringen dich nach Hause. Schließen sie alles zu, Fräulein Binder, und helfen sie mir, Willi in das Auto zu setzen." Es dauerte nur wenige Minuten, bis das Fahrzeug die Pension erreicht hatte, in der Willi untergekommen war. Gemeinsam brachten sie ihn ins Haus. Während der Prokurist der Pensionswirtin kurz berichtete, was passiert war, hatte Fräulein Binder den Jungen schon im Zimmer auf einen Stuhl gesetzt. Sie schlug die Bettdecke zurück und legte das Nachthemd über den Bettpfosten. Kurzerhand knöpfte sie ihm nun seine Kleidung auf und zog ihn bis auf die Unterhose aus. Dann streifte sie dem schweigsamen Jungen das Nachthemd über. Kaum hatte sie ihn ins Bett gelegt und zugedeckt, kam auch schon der Prokurist mit der Wirtin in den Raum. „Fräulein Binder, sie bleiben hier, bis der Junge schläft. Kommen sie heute nicht mehr ins Büro. Bis morgen dann." Gretel, die Pensionswirtin wandte sich zum Gehen. „Ich werde noch einen Kamillentee brühen, dann wird es dem Jungen schon bald wieder besser gehen." Sie war kaum aus der Tür, als Willi schon eingeschlafen war. Fräulein Binder saß noch eine Weile neben dem Bett und sah auf die gleichmäßigen Atemzüge. Sie war überzeugt, dass jetzt Ruhe nötig und gut war.

Als sie sich von der Pensionswirtin verabschieden wollte fragte diese, ob sie nicht doch noch ein Viertelstündchen Zeit hätte. Eine Kanne Kaffee sei ohnehin gerade aufgebrüht und ein Stück Bäbe, nahezu d a s sächsische Nationalgebäck, in einer Napfkuchenform gebacken, aus einem Hefeteig mit Mandeln und Rumrosinen und mit einer Zuckerglasur überzogen, noch vom heutigen Kaffeekränzchen übrig. Fräulein Binder nahm diese Einladung gerne an, und so saßen sich die beiden Frauen bald am Kaffeetisch gegenüber. Ihr lebhaftes Gespräch drehte sich um Krieg und Versorgungsprobleme. Auch das Sterben des Ehemannes der Pensionswirtin wurde ausführlich von dieser beschrieben. „Der hat gesoffen wie zwei Kühe. Da hab ich jetzt meine Ruhe. Ich treffe mich jede Woche mit meinen Freundinnen, habe gute Pensionsgäste und bin gut versorgt." Über Willi konnte sie nur Gutes berichten, Er sei ein aufmerksamer und fleißiger Junge. Für einen Bauernsohn sei er aber viel zu weich im Herzen. Früh aufstehen war kein Problem, wenn sie an die Tür klopfen würde, dann käme er schon kurze Zeit später in die Küche, um nach dem Frühstück sofort in den Betrieb zu gehen. Es gab nur ein Problem, aber das hatte Gretel ganz pragmatisch gelöst. Willi badete gern und genoss dieses Vergnügen jeden Samstagabend ausgiebig. Weil er dabei immer viel Zeit brauchte, mussten erst die zwei Männer, die ebenfalls ein Zimmer in der Pension hatten, vor ihm in die Wanne. Nur die zwei Damen, die im ersten Stock logierten, hätten das Anrecht auf eigenes Badewasser, aber bitte zu einer angemessenen Dauer. Leider sei noch ein Zimmer frei, aber in diesen unsicheren Zeiten war nicht gewiss, ob es schnell vermietet werden könnte. Außerdem hätte sie, Gretel, auch nichts zu verschenken. Sie musste schon die entsprechenden Vorauszahlungen verlangen. Aufmerksam hatte Fräulein Binder den Worten der resoluten Frau zugehört. „Wissen Sie, ich bin nun schon fast 50. Den richtigen Mann für mich hat es wohl auch nie gegeben. Ja und nun bin ich einfach auch zu alt für irgendwelche Liebeleien. Ich mag meine Arbeit als Chefsekretärin, und Herr Schreiter, der Fabrikant, zahlt sehr gut. Ich wohne noch immer im Elternhaus, aber da hat nach dem Tod der Eltern mein Bruder das Sagen. Außerdem brauche ich immer eine Stunde, um im Büro zu sein. Ich würde lieber hier in der Stadt wohnen. Was meinen Sie, ob das für mich hier möglich wäre?" „Aber gerne, ich zeige ihnen das Zimmer und dann können sie entscheiden, ob das etwas für sie wäre. Keine Angst, bezahlbar ist es auf jeden Fall."

Es dauerte doch einige Tage, bis sich Willi wieder erholt hatte. Inzwischen war die Chefsekretärin Fräulein Binder in der Pension eingezogen. Die größte Überraschung war, als Herr Schreiter an einem Nachmittag vorbei schaute. Er bereitete Willi eine besondere

Freude, denn er hatte Aaron und Inge gleich mitgebracht.

Herr Schreiter hatte noch in der Firma Wichtiges erledigt und ein langes Gespräch mit dem Prokuristen geführt. Frau Binder sprach er auf ihren Umzug an, fragte nach ihrem Befinden im neuen Zuhause und bat dann noch, sie möge so gut es ginge, auf Willi aufpassen. „Willi", so sagte er, „ist ein ganz besonderer Junge. Er hat eine gute Auffassung, spricht inzwischen sehr gut englisch und verdient es, in seinem Leben vorwärts zu kommen." „Oh, er spricht englisch?" fragte erstaunt die Sekretärin. Sie mochte den fleißigen Jungen und deshalb war sie gern bereit, sich um Willi zu kümmern.

Als Herr Schreiter wieder in der Pension ankam, sagte er zu Willi: „Zieh dich an, du kommst jetzt mit nach Trona. Bei deinen Eltern kannst du dich besser erholen. Außerdem sind es nur noch wenige Tage bis Heilig Abend. Wir haben ja schon den 22. Dezember. Du hast frei bis zum 3. Januar. Du kannst also noch zu Hause deinen Geburtstag feiern. Am Montag, das ist der 3. Januar, bist du wieder pünktlich an deiner Arbeit. Herr Scholz lässt dich grüßen. Er berichtete mir von deinen guten Leistungen. Auch die Mathematik bereitet dir keine Mühe mehr. Das sollst du auch deinen Eltern berichten. Na nun komm aber, sonst wird es ganz dunkel, bevor wir in Trona sind.

Es wurde eine schöne Heimfahrt. Aaron und Inge hatten Willi auf der Rückbank des Autos in ihre Mitte genommen. Es war eigentlich zu eng, aber die drei saßen glücklich nebeneinander. Inge hatte Willis Hand genommen und auf ihren Schoss gelegt. Und Aaron? Er hielt Willis andere Hand fest, sah zu Inge und die beiden lächelten sich an.

In Trona angekommen staunten Anna und Ernst, als ihr Willi plötzlich vor ihnen stand. Die Freude war riesengroß. Herr Schreiter hatte sich schnell verabschiedet, aber Inge und Aaron fragten, ob sie noch bleiben dürften. „Ich habe heute einen freien Tag", sagte Inge. Wenig später saßen alle am Tisch. Während des Abendessens wurde viel gelacht und erzählt. Immer wieder musste Willi Einzelheiten wiederholen. Aber dann war es so spät, dass die Eltern zum Aufbruch drängten. Aaron hatte versprochen, Inge gut nach Hause zu bringen. Für Willi war es Zeit, sich endlich ins Bett zu legen, denn seine Schwäche war noch nicht völlig überwunden.

Am nächsten Tag ging es ihm wieder richtig gut. Er freute sich, im Stall mithelfen zu können. Abends kam noch Inge und beide lagen lange Zeit auf ihrem Lieblingsplatz in der Scheune. Als er seine Liebste nach Hause begleitete, musste er unterwegs mehrfach halt machen. Dann umarmte er jedes Mal das hübsche Mädchen und küsste sie zärtlich auf die Lippen. Inge spürte, dass ihr Willi längst kein Kind mehr war.

In den Tagen vor Weihnachten gab es für die Mutter Anna viel zu tun. Sie hatte Kuchen beim Bäcker gebacken, obwohl es in diesem Kriegsjahr besonders schwer war, alle Zutaten zu besorgen. Manchmal brachte Willi nach einem Besuch bei Aaron ein paar Kleinigkeiten mit. Inge hatte in den Wochen, die seit dem Lehrbeginn ihres Freundes vergangen waren, angefangen ein neues Hemd für ihn zu nähen. Es war mühsam, Stich für Stich die Teile zusammenzufügen. Erstaunlich geduldig erklärte die Bauersfrau, wenn etwas nicht so gelungen war. Inge war ganz mutlos, als sie das falsche Teil an die falsche Stelle genäht hatte. Die Arbeit vieler Abende war umsonst. Als Inge weinend mit diesem Missgeschick da saß, tröstete die Bäuerin sie und nahm sie in die Arme. Aber nun, zwei Tage vor Heilig Abend, war das Hemd fertig. Willi würde sich darüber sehr freuen, da war sie sich ganz sicher. Sie hatten verabredet, dass Inge nach der Kirche mit zu Ernst, Anna und Willi gehen sollte. Eigentlich wollte sie zu Weihnachten ihren Vater besuchen, aber der hatte energisch abgelehnt. Inge spürte, wie die Kluft zwischen ihr und dem Vater immer größer wurde.

Willi war täglich bei Aaron. Natürlich hatte er ihm auch diese schreckliche Geschichte aus der Firma erzählt, auch das, was dem vorausgegangen war. Aaron war der Einzige, mit dem er wirklich über alles reden konnte. Der hatte lange geschwiegen. Dann schaute er in das tränennasse Gesicht seines Freundes. „Willi, wir beide wissen, dass wir wirklich Freunde sind, die füreinander da sind. Lass dich nicht von solchen Lügnern und Lumpen verärgern. Die werden in ihrem Leben immer Probleme haben. Du nicht."

Endlich war Weihnachten. Wie bestellt hatte es sogar leicht geschneit. Ernst, Anna und Willi waren auf dem Weg in die Kirche. Unterwegs musste Willi daran denken, dass er mit seinem Freund viele Gemeinsamkeiten teilte, aber nicht Weihnachten und die Christmette. Inge wartete schon vor der Tür und in der Kirchenbank drückte sie sich eng an ihren Liebsten. Sie war so in Gedanken, dass sie vergaß, zum Beten aufzustehen. Willi schubste sie an und musste lachen.

Am Abend saßen sie alle in der wohlig warmen Stube zusammen. Ernst hatte seinen Arm um Annas Schulter gelegt. Auch Willi und Inge saßen eng umschlungen auf der Ofenbank. Es war eine sehr glückliche kleine Schar, an diesem Weihnachtsabend. Aller Kummer, alle Sorgen, alle erlittenen Gehässigkeiten, alles Kriegsgetöse waren plötzlich weit weg, wie unter einer dicken Decke verborgen. Dann wurden die Geschenke verteilt. Willi war überglücklich über das selbstgenähte Hemd. Natürlich musste er sofort anprobieren, wie gut es passte. Inge hatte, natürlich mit der Hilfe der Bäuerin, die richtige Größe getroffen. Dann übergab Anna ihrem Sohn ein kleines Päckchen. Sie hatte mit Ernst lange überlegt, was ihrem Sohn Freude machen würde. Nun hielt er drei Bücher in seinen Händen. Obenauf lag von Otto Julius Bierbaum „Prinz Kuckuck", darunter verbarg sich die Epigramm-Sammlung „Des Teufels Wörterbuch" von Ambros Bierce, und das besondere war, es war die englische Originalfassung aus New York. Das dritte Buch war auch in Englisch, es war „Der Dschungel" von Upton Sinclair. Als Willi den Buchdeckel anhob, sah er nicht nur das Erscheinungsjahr, sondern auch den Erscheinungsort: es war auch New York. Überglücklich umarmte er seine Eltern. Wie schwierig muss das wohl gewesen sein, diese Bücher zu besorgen. Für Anna und Ernst wäre es sicher unmöglich gewesen, solche Geschenke für ihren Willi zu besorgen. Aber da war Aaron für sie eine große Hilfe. Er hatte in den letzten Wochen mehrfach vorbeigeschaut und sie bei der Auswahl beraten. Er konnte den „Prinz Kuckuck" in einer Buchhandlung kaufen, die beiden anderen Bücher steuerte er stillschweigend aus seiner Bibliothek bei.

„Inge" wandte sich die Mutter dem Mädchen zu, „du bist schon ein Teil von unserer Familie. Ich weiß, wie lieb du unseren Willi hast. Aber ihr seid noch zu jung..." „Das stimmt", unterbrach sie das Mädchen, „ Aber wir werden aufeinander warten. Willi wird erst seine

Lehre abschließen." „Gut" entgegnete die Mutter, „unsere Tür ist für dich immer offen. Wir wollen dir für die Aussteuer zwei neue Betttücher schenken." Inge bedankte sich mit einer herzlichen Umarmung. Ernst hatte kaum etwas zu allem gesagt. Aber er lächelte fröhlich. Dann strich er den jungen Leuten über den Kopf und zog seine Anna wieder in seine Arme. Willi war aufgestanden, nachdem er unter der Bank drei Päckchen hervorgeholt hatte. Das erste übergab er seiner Mutter. Als sie es aufwickelte, kam ihr ein weiches Tuch entgegen. Glücklich lächelte sie ihren Sohn an. „Danke, mein Junge." Ein zweites Päckchen übergab er seinem Vater. Der war ganz erstaunt, überhaupt ein Geschenk zu bekommen. Willi hatte ihm einen dunkelbraunen Ledergürtel gekauft, weil der Vater keinen besaß. Als Ersatz mussten immer irgendwelche zusammengeknoteten Stricke herhalten. Zum Gürtel hatte er auch noch Hosenträger gekauft. Die waren so breit und schön, wie der Großbauer Schöller sie immer in der Kirche zur Schau stellte. Vater konnte jetzt auch im Gottesdienst langsam seine Jacke aufknöpfen, die Daumen in Brusthöhe hinter die Hosenträger schieben und sich mit nach vorn gedrückter Brust zeigen. Ernst war überwältigt.

„Mein Junge, das war doch bestimmt viel zu teuer!" Dann stand er auf, ging auf seinen Sohn zu, umarmte ihn lange, und dann küsste er ihn auf den Mund. Alle waren von seiner Geste ergriffen, und der Kuss war so rein und herzlich, dass sie alle mit Augenwischen zu tun hatten, um die Tränen zu stoppen.

Nun war Inge an der Reihe. Willi übergab ihr ein Päckchen, dabei wurde sein Gesicht ganz rot, und er schaute auf seine Zehenspitzen. Langsam öffnete sie das Geschenk. Dann fühlten ihre Hände einen wunderbar weichen und rein weißen Wollstoff. Als sie ihr Geschenk in die Höhe hob, entpuppte sich das als ein Unterrock mit ebenso weichem Schlüpfer. Inge wurde leicht rot, aber dann stand sie auf, umarmte ihren Willi und küsste ihn lange. Schweigend hatten die Eltern zugesehen. Aber nun klatschte Anna begeistert in die Hände. „Oh, wie wunderschön! Willi sollte das aber noch nicht sehen, wenn du das an hast. Aber mir kannst du das dann mal zeigen."

Dieser besondere Abend, Weihnachten 1915 und inmitten einer brennenden Welt, hatte so viel Wärme und Frieden. Anna dachte an die Weihnachtsgeschichte und das Kind in der Krippe. Auch damals gab es Not und Elend, und nur wenig später wurden Kinder ermordet. Anna stimmte ein Lied an, und bald sangen alle „Stille Nacht, heilige Nacht".

Auf dem Nachhauseweg fragte Inge: „Bist du auch so glücklich, wie ich? Ich könnte Dich, Mama und Papa und auch deinen Freund Aaron immer nur umarmen." Sie hatte Mama und Papa gesagt. Und sie empfand keine Eifersucht im Blick auf Aaron. Willi wusste, das auch dieser Abend in seinem Herzen mit in die Zukunft ging, als ein Zeichen von Liebe, Vertrauen und Geborgenheit. Er war sich sicher, mit Inge an der Seite, mit seinen Eltern neben sich und in fester Freundschaft mit Aaron, musste das Leben gelingen.

Weihnachten und der Jahreswechsel waren schon längst vorbei. Willi hatte in der Firma inzwischen alles kennen gelernt und saß nun an einem Schreibtisch in der Buchhaltung. Ihm gegenüber arbeitete eine ältere Frau, die sich ihm als Frau Sommer vorgestellt hatte. Geduldig erklärte sie dem jungen Mann die einzelnen Vorgänge, und wie sie bearbeitet würden. Lauter Zahlen und das Verbuchen auf einzelne Konten erforderten konzentriertes Arbeiten. Willi war eifrig dabei, alles richtig zu machen, und so saß er noch oft nach Arbeitsschluss an seinem Schreibtisch. Er nahm sich einen Aktenordner aus dem Schrank und blätterte langsam und gründlich in den Unterlagen. Er erkannte langsam die Zusammenhänge und konnte immer besser den Ablauf erfassen, der in den einzelnen Arbeitsgebieten nötig war. Die Arbeitstage verliefen recht eintönig. Aber für Willi war es eine spannende Welt, in die er eintauchen konnte. Alle die Zahlen und Geschäftsvorgänge beeindruckten ihn. Er verstand immer besser, wie die Wirtschaftswelt funktionieren konnte. Alles Neue sog er auf, wie ein trockener Schwamm, der Wasser speicherte. Wenn er von Fräulein Binder zum Prokuristen gerufen wurde, um über seine Arbeitsaufgaben und deren Bewältigung zu berichten, dann wurde das ganze Gespräch in Englisch geführt. Für Willi waren seine Englischkenntnisse etwas ganz Selbstverständliches geworden.

Seit er im Büro arbeitete, trug Willi immer einen Anzug. Es war einer, den Aaron ihm gegeben hatte, weil der für ihn zu klein geworden war. Willi war ein attraktiver junger Mann. Manchmal, wenn er noch nach seiner Arbeit bestimmte Vorgänge im Kopf bewegte, ging er durch die Straßen der Stadt, bevor er sein Pensionszimmer betrat.

„Na, junger, hübscher Mann. Wie wär's denn, wenn wir noch ein Glas gemeinsam trinken würden?" Eine junge Frau hatte ihn angesprochen und hielt ihn am Ärmel der Jacke fest. Ihre Augen und den Mund hatte sie kräftig geschminkt. Willi lehnte ab, aber so leicht ließ sie sich nicht abschütteln. „Komm schon, du bist so ein hübscher Kerl. Du darfst auch mit in mein Zimmer kommen. Mit dir stelle ich mir das schön vor." Entschieden lehnte Willi noch einmal das Angebot ab und fügte hinzu, dass er verlobt sei. Dann ging er schnellen Schrittes davon. Um die Straße, in der er diese Begegnung hatte, machte er von nun an einen großen Bogen.

Die Stimmung in der Pension war Ende Februar angespannt. Seit dem 21. wurde in Verdun heftig gekämpft. Die beiden männlichen Pensionsmitbewohner hatten einen Militärbefehl erhalten. Sie mussten sich am 28. Februar in der Kaserne melden. Allen war klar, dass dieser Montag eine radikale Lebenswende für sie wurde. Sie würden nach einer kurzen Schießausbildung einen

Marschbefehl bekommen. Es war nur noch nicht absehbar, ob sie an die Ostfront gegen Russland, oder die Westfront gegen Frankreich geschickt wurden.

Alle Mitbewohner saßen fast nur noch schweigend am Frühstückstisch, und als der Tag der Einberufung kam, weinten die Frauen. Die Pensionswirtin hatte es sogar geschafft, richtigen Kaffee für das letzte gemeinsame Frühstück zu besorgen. Der Abschied fiel allen sehr schwer, weil jeder wusste, wie viele Tote es schon in den Kriegskämpfen gegeben hatte. Würden sie den Krieg unbeschadet überstehen? Diese Frage bewegte alle.

Es war leer geworden am Frühstückstisch, denn auch eine der Frauen war ausgezogen. Sie musste zurück in ihr Elternhaus, weil ein Bruder, der den elterlichen Hof bewirtschaftet hatte, an der Ostfront gefallen war, und die Schwägerin die umfangreiche Arbeit nicht allein schaffte.

Willi besuchte ab und zu Fräulein Binder in ihrem Zimmer. Mit dieser klugen Frau konnte er viele Probleme, die ihn bewegten, durchsprechen. Dabei ging es fast nie um Firmenbelange. Viel mehr beschäftigten ihn die

Lebensumstände, die sich im ganzen Land dramatisch verschlechtert hatten. Aber auch scheinbar unwichtige und recht eigenartige Sachen waren Themen der abendlichen Gespräche. Seit einigen Tagen trafen sie sich nicht mehr im Privatbereich von Fräulein Binder, sondern am Frühstückstisch der Pension. Es hatte sich schnell gezeigt, dass es im Essenszimmer, angenehmer zu sitzen war.

Eine Sache, die Willi keine Ruhe ließ, war die erstmalig eingeführte Sommerzeit. In Deutschland begann in diesem Jahr der 1. Mai deshalb schon am 30. April um 23:00 Uhr. Willi und die beiden Frauen, die Wirtin hatte sich mit dazugesetzt und jedem einen Topf Tee mitgebracht, rätselten lange, welchen Sinn das haben könnte. Er selbst hatte inzwischen gelernt, immer auch nach dem wirtschaftlichen Nutzen zu suchen.

An einem anderen Abend sprachen sie über die Ergebnisse der Skagerrackschlacht. Die englische Flotte und die Deutschen waren aufeinander getroffen und hatten sich zwei Tage lange gegenseitig bekämpft. Fünfundzwanzig Schiffe sanken auf beiden Seiten und über 8000 Männer wurden getötet. Willi und Fräulein Binder waren sich in der Bewertung einig, dass nur das sofortige Ende des Krieges diesen Weltenbrand löschen konnte. Aber keines der kriegsführenden Länder war zur Aufgabe bereit. Also wurde mit aller Härte weiter gefochten, und so der Untergang besiegelt.

In der Fabrik wurden die erschwerten Arbeitsbedingungen, vor allem aber die angeordneten Abgaben, zum großen Problem. Viele Männer waren als Soldaten irgendwo an einer Front. Auch wenn deren Arbeit von Frauen übernommen wurde, gab es immer wieder Engpässe und Ausfälle. Die Zusammensetzung der Arbeiter hatte sich merklich verändert, aber die Frauen standen ihren männlichen Kollegen in nichts nach. Sie mussten genau so schwer heben und tragen, und sie konnten ebenso fluchen und schimpfen, wie die Männer. Im Gegensatz zu anderen Fabriken, erhielten sie den gleichen Lohn. Das war für Willi, nach allen seinen Erfahrungen und Kenntnissen, schon ungewöhnlich. So beschäftigte er sich in manchem Gespräch mit Fräulein Binder auch mit solchen Fragen, wie Gerechtigkeit, gleich sein, und dem Unterschied zwischen Mann und Frau. Wenn sie es zeitlich einrichten konnte, saß auch die Pensionswirtin mit am Tisch.

Wirklich faszinierend war für Willi ein Zeitungsartikel, über den er unbedingt mit seinem Freund Aaron sprechen musste. Die Rede war von einem Mann namens Albert Einstein. Der hatte in der Fachzeitschrift „Annalen der Physik" einen Artikel veröffentlicht: „Die Grundlagen der Relativitätstheorie." Vielleicht konnte Aaron sogar diese Zeitschrift besorgen? Willi musste unbedingt mehr darüber wissen, aber bei dem Buchhändler, den er selbst von Zeit zu Zeit aufsuchte, konnte er diese Zeitschrift nicht bekommen.

Der Sommer war da, und Willi wusste, dass er Ende August für eine Woche nach Hause gehen sollte. Der Prokurist Scholz hatte in einem längeren Gespräch den nächsten Lehrabschnitt erklärt. Er überreichte Willi noch eine ausführliche schriftliche Beurteilung. Lobend wurden darin Fleiß und Arbeitswillen beschrieben. Die guten Arbeitsergebnisse würden schon jetzt auf einen gelingenden Lehrabschluss hinweisen. An dem neuen Arbeitsplatz in der Zweigfirma in der 28 Kilometer entfernten Kleinstadt würde Willi dann am Montag, den 4. September, erwartet.

Es war Samstag, der 26. August. Aaron war am Mittag in der Pension angekommen. Er wollte seinen Freund mit dem Auto nach Hause holen. Er hatte vor ein paar Wochen die Fahrprüfung abgelegt und lenkte gern das neue Auto, was der Vater gekauft hatte. Als der große Koffer verstaut war, und Willi sich von der schluchzenden Pensionswirtin Gretel verabschiedete hatte, fuhren sie aus der Stadt. Es war schon ein eigenartiges Gefühl tief im Inneren. Das intensive und lehrreiche letzte Jahr hatte Willi zu einem klugen und besonnenen Mann gemacht. Er wusste aber auch, dass noch zwei Jahre Lehrzeit vor ihm lagen. Die wollte er gut nutzen, um sich, seiner Inge und den Eltern, aber auch der Familie Schreiter einen guten Abschluss vorzeigen zu können.

Je näher sie dem Dorf kamen, umso schweigsamer wurde Willi. Er war in Gedanken schon bei Inge. Die beiden hatten sich nur zweimal in diesem Jahr sehen können. Willi hatte sie bei einem Besuch seiner Eltern nicht angetroffen, weil sie gerade in diesen Tagen zu Hause bei ihrem Vater war. Sie hatte dort alles eingepackt, was ihr wichtig und wertvoll war. In einer Truhe waren Teile ihrer Aussteuer verstaut. In einem Tragekorb befanden sich wenige Erinnerungen an die Mutter, zwei neue Tontöpfe, vier Teller und eine Kanne. Während der wenigen Tage, die Inge zu Hause war, musste sie immer wieder erkennen, wie fremd der Vater für sie geworden war. Es gab kaum ein Wort zwischen ihnen. Auch der Abschied verlief ohne große Gefühle. Er hatte ihr zugenickt, nur Inge sagte: „Also ich geh dann. Bleib gesund Vater." Sie war auch nicht mehr mit gefahren, als Ernst mit dem Fuhrwerk ihre Habseligkeiten abholte.

Die Wiedersehensfreude war riesig. Inge stand in der Haustür hinter Anna. Die schob sie nach vorn und sagte: „Na geh schon!" Mit einem langen Kuss lag sie in Willis Armen. Ernst hatte mit Aaron inzwischen den Koffer ins Haus getragen. Als sie wieder aus der Haustür kamen, hielt gerade Anna ihren Sohn in den Armen. Aber eher sah es umgekehrt aus. Willi war ein Mann geworden, der seine Mutter fast um eine Kopflänge überragte. Und so hielt er sie umfangen. Aaron verabschiedete sich mit der Bitte: „Willi, komm morgen am Abend mal zu mir. Es gibt viel Neues, was ich Dir erzählen will." Dann rollte er mit seinem schwarzen Auto vom Hof. Endlich war auch Ernst dran, Willi zu begrüßen. Er umarmte seinen Sohn. „Du siehst gut aus. Nur deine

Hose ist zu kurz geworden. Entweder bist du noch gewachsen, oder die Hose ist eingegangen. Nun komm aber rein. Wir haben schon längst den Tisch gedeckt und gewartet. Aaron konnte uns heute früh nicht genau sagen, wann er mit dir zurück sein würde." Was war mit Vater geschehen? So viel zu reden war eigentlich ungewöhnlich. Im Haus saß Fritz, der Halbbruder von Anna. Er war in diesem Jahr mit seinen Habseligkeiten auf den Hof gezogen und bewohnte Willis Zimmer. Der war darüber ganz froh, denn mit Fritz hatte er sich sofort gut verstanden, als sie sich kennen lernten. Nun wurde erst einmal gegessen und im Schnelldurchlauf alles Wichtige ausgetauscht, was sich ereignet hatte. Fritz konnte seine Einberufung verhindern, denn für nur einen Mann auf dem Hof, wären die großen Abgaben nicht zu schaffen. Dann erzählte er noch von seiner neuen Liebe. Lina, eine junge Frau aus Berna, das war auch sein Heimatdorf, etwa acht Kilometer entfernt, hatte sein Herz erobert. Wann immer es ging, lief er nun zu ihr, um immer wieder seine Liebesschwüre zu erneuern. Endlich hatte sie ihm das Ja-Wort gegeben. Und so gab es seit einigen Tagen kein anderes Thema, als Hochzeit. Während der Ernte konnte es nicht sein. Aber auch der

Winter war nicht günstig. Schnee und Eis würden das Fest nachhaltig behindern. Vielleicht würde aber das nächste Frühjahr so schön, dass die Feier auf der Tenne in der Scheune sein konnte. Außerdem wollte Lina nicht mit dicken Wollstrümpfen, sondern in einem langen weißen Kleid und mit Seidenstrümpfen heiraten.

Der Abend verging viel zu schnell. Inge sollte gleich mit hier im Haus schlafen, und sie ging mit Anna in das Schlafzimmer. Ernst hatte sich auf der Ofenbank sein Nachtlager bereitet. Fritz war schon im Zimmer. Dort hatten sie eine Schlafstatt auf dem Boden hergerichtet, auf die er sich nun legte. Willi kam, nachdem er sich noch im Stall umgesehen hatte, und wenig später schliefen alle mit guten Gefühlen ein.

Lag es an der reinen Landluft, aber als Willi wach wurde, war es schon heller Tag. Er hatte viel länger geschlafen, als er das vorgehabt hatte. Er wusste doch, dass zur Ernte wirklich jede Hand gebraucht wurde. Das Nachtlager von Fritz war leer. Willi ging schnell in die Küche, dort stand auf seinem Platz sein Blechtopf, aus dem er schon als kleiner Junge getrunken hatte. Auf einem Teller lag das große Brotmesser. Davor, auf einem Holzbrett, hatte die Mutter ein großes Stück Schinken, eine gut abgehangene Schlackwurst und ein Stück Butter gelegt. Die war auf der Oberseite mit einem Muster verziert, auf der eine frisch erblühte Kornblume lag. Willi freute sich über den gedeckten Tisch. Eigentlich würde er jetzt lieber auf das Feld eilen, aber dann ging er doch zum wuchtigen gemauerten Küchenherd. Er ergriff den Topf mit warmer Milch, auf der sich eine dicke Haut gebildet hatte. Mit einem Finger griff er in den Topf, fuhr flink am Rand entlang, und holte so die Milchhaut aus dem Topf. Er mochte diese schon als kleiner Junge, vor allem dann, wenn sie ein wenig angetrocknet war. Willi goss sich Milch in seinen Topf, setzte sich an den Tisch und begann zu essen. Viele Gedanken schossen durch seinen Kopf. Die Kornblume hatte ihm sicher seine Inge aufgelegt. Aber auch über Schinken und Wurst freute er sich, zumal das für ein Frühstück nicht üblich war. Willi hatte ein tiefes wohliges Gefühl. Hier war sein Zuhause, und hier wusste er sich geliebt.

Nach seinem Frühstück zog sich Willi nackt aus. Er trug ja schon seit Langem weiße Unterhosen, aber heute legte er alles ab. Dann streifte er seine alte Arbeitshose über. Am Bund passte sie noch, aber die Länge... Willi suchte sich noch ein Hanfband und schlang es sich als Gürtelersatz um den Bauch. Auf ein Hemd konnte er getrost verzichten. Auch seine Holzpantoffeln blieben in der Ecke neben der Tür stehen. Dann lief er mit schnellen Schritten aus dem Haus. Als er auf dem Feld ankam, schauten die anderen auf. Der Vater und Fritz stützen sich auf dem Griff der Sense auf. Die Mutter und Inge winkten ihm fröhlich zu. Aber wer war die andere junge Frau, die geradewegs auf ihn zu kam? Als sie vor ihm stand lächelte sie ihn an, reichte ihm die Hand und sagte fröhlich: „Ich bin die Lina. Schön, dass ich dich endlich mal sehe. Fritz erzählt mir immer von dir, und das du was Feines bist. Aber nun komm. Ernst hat für dich schon eine Sense hingelegt."

Dann wurde die Arbeit wieder aufgenommen. Ernst ging voraus. Die Sense in weitem Rund schwingend, mähte er Schwaden für Schwaden die Kornhalme, die nun in einer langen Reihe seitlich hinter ihm lagen. Fritz war drei Schritte schräg hinter ihm. Auch er mähte kraftvoll eine breite Spur in das erntereife Feld. Hinter Fritz hatte Willi seinen Platz eingenommen. Sehr schnell musste er aber erkennen, dass ihm die nötige Übung fehlte. Er fiel in seiner Spur immer weiter zurück. Die Frauen liefen hinter ihren Männern, rafften die Halme zusammen, banden dicke Garben, die sie dann zur Hocke zusammenstellten. So konnten sie noch nachreifen und vor allem trocknen.

Vom Feldrand kam plötzlich Aaron auf die fleißigen Arbeiter zu gelaufen. Von weitem sah man deutlich, dass er seit seinem Unfall nicht mehr unbeschwert laufen konnte. Einen Fuß zog er leicht nach. Willi schaute auf, und ein freudiges Lächeln lag auf seinem Gesicht. Er ging auf seinen Freund zu und gab ihm die Hand. Auch Ernst und Inge waren zu Aaron gekommen. Inge umarmte ihn ohne Scheu und sagte, „ Na dann nimm ihn schon mit, meinen Willi." Der Vater, nachdem er den Freund seines Sohnes begrüßt hatte, schob Willi nun in Aarons Richtig. „Nun geht schon. Ihr habt euch so viel zu erzählen. Wir schaffen das heute auch allein."

Die beiden jungen Männer wandten sich zum Gehen. „Was meinst du, Aaron, kann ich so dreckig mitkommen?" „Klar. Wir haben doch Wasser und Seife." Im Haus ging Aaron mit seinem Freund in das mit echten Delfter

Fliesen ausgestattete Badezimmer. „Warte einen Moment. Ich hole Dir eine frische Hose. Die kannst du auch gleich behalten, der Anzug, wozu sie gehört, ist mir zu klein. Die Jacke brauchst du jetzt nicht. Oder willst du lieber ein Hemd anziehen?" Als Aaron mit der Kleidung zurück war, erklärte er noch, dass es genügend warmes Wasser im Badeofen gibt. Das besondere in diesem Bad war ein Rohr, das von der Oberseite quer über die Wanne führte. Das Ende war gekrümmt und daran befand sich eine über und über mit Löchern versehene Scheibe. „Du kannst jetzt duschen. Das Wasser kommt wie warmer Regen von oben. Da geht das Einseifen besonders gut. Und dann spülst du alles mit dem warmen Wasser von oben ab." Dann wandte sich Aaron zur Tür und verließ den Raum. Als Willi nun allein im Badezimmer stand, musste er zuerst alles begutachten. Dann zog er sich die verstaubte Hose aus und stieg in die Wanne. Vorsichtig drehte er an den Wasserhähnen und testete erst einmal die Wassermenge und die Temperatur. Es war eine Wohltat, wie nun das warme Wasser seinen Körper umspülte. Dann drehte Willi das Wasser ab, nahm ein duftendes Stück Seife aus einer flachen Schale und rieb damit seinen ganzen

Körper ein. Es schäumte leicht, aber vor allem bezauberte ihn der blumige Duft. Dann drehte er wieder das Wasser an, hielt erst eine Hand unter den Regen um die richtige Temperatur einzustellen. Dann stellte er sich genau unter den herrlich warmen Strahl. Willi war so in Gedanken versunken, dazu noch das leichte Plätschern in den Ohren, das er gar nicht hörte, als sich die Tür leise öffnete. Erst als er seine Augen auswischte und den angenehmen Warmregen abstellte, sah er neben der Tür Miriam stehen. Vor Schreck zuckte er zusammen, denn sie hatte er hier zu aller Letzt erwartet. „Geh´ raus" sagte er zu dem inzwischen siebenjährigen Mädchen. Aber sie schien das gar nicht zu hören. Stattdessen zeigte sie auf Willis Glied und fragte ganz unbekümmert: „Warum ist das bei dir dort anders, als bei Aaron?" Dann schüttelte sie ihren Kopf, dass die beiden Zöpfe links und rechts über den Ohren, wild wackelten und verließ das Badezimmer. Endlich konnte Willi aus der Wanne steigen und sich abtrocknen. Er zog sich die bereitliegende Hose an. Auch für ihn war sie schon etwas zu kurz. Dann ging er in Aarons Zimmer, dem er erst einmal erzählte, was eben geschehen war. „So ist sie, meine Schwester. Du musst dir nichts dabei denken.

Die ist neugieriger als unsere neue Haushälterin."

Dann gab es aber wichtigeres zu reden. Willi musste mit vielen Einzelheiten von seinem ersten Lehrjahr berichten. Als die Sprache auf das Zeugnis kam, sagte Aaron. „Vater hat das schon hier in einer Mappe liegen, zusammen mit anderen Papieren, die dich betreffen. Am Mittagstisch hat er einmal von deiner guten Arbeit berichtet, und dass er sehr froh sei, dich als Lehrling zu haben." Stolz war Willi schon, aber gleichzeitig schoss ihm eine leichte Röte ins Gesicht.

Es war schon ziemlich spät, als sich die Freunde trennten. Schnell eilte Willi nach Hause, ergriff Inges Hand, die auf der Küchenbank saß und Schafwolle auseinander zupfte, und zog sie mit sich aus dem Haus. Dann gingen beide, Hand in Hand, in die Scheune, kletterten die Leiter hinauf und lagen bald darauf im Heu. Es gab auch zwischen den Beiden viel zu erzählen. Die größte Neuigkeit für Willi war aber, dass seine Eltern mit Inge überlegt hatten, ob sie nicht ganz auf den Hof kommen würde. Es gab eine Dachkammer, in der viele leere Säcke lagen. Auch

Getreidevorräte standen noch in Säcken abgefüllt in einer Ecke. Das alles könnte aber auch gut in der Scheune lagern. In ihrer offenherzigen Art hatte Inge gelacht und gefragt: „Bist Du dann wenigsten meine Mutter?" „Aber natürlich", erwiderte Anna. Auch Ernst hatte der jungen Frau über die Wange gestrichen.

Aber nun wollte sie erst einmal wissen, ob Willi damit überhaupt einverstanden war. Er hielt die Hand seiner Braut, der er sich tief verbunden wusste. „Ich bin so stolz auf dich, meine Liebe. Hierher gehörst du ja auch. Macht es so, wenn das mit deiner Bäuerin gut abzusprechen geht. Ich weiß dann auch, dass es dir gut geht. Aber dir ist schon klar, dass es noch zwei Jahre dauern wird, bis ich meine Lehre beendet habe? Und vorher können wir nicht heiraten." Mit einem zärtlichen Kuss beendete Inge dieses Gespräch, und dann lagen sie beide nebeneinander im aromatisch duftenden Heu. Vieles war noch immer unklar, aber beide hielten sich einfach an den Händen fest, und genossen den Zauber des Zusammenseins. Für Willi gab es keinen Gedanken, diese wunderbaren Minuten mit plumpen Annäherungen zu zerstören. Er wusste, dass er mit Inge das Beste gefunden hatte, was es für ihn überhaupt jemals hätte geben können.

Bevor sie sich trennten, küssten sich die beiden innig. Sie hielten sich eng umschlungen, aber ließen sich nicht verleiten, in den Intimbereich des anderen einzudringen. Unbekümmert, aber auch auf eine besonders liebenswerte Art hielten sie sich zurück. Sie wussten genau, dass sie auf den anderen zählen konnten. Nichts würde sie jemals auseinander bringe. Inge ging in das Schlafzimmer, zog sich aus und kroch unter die dicke Decke. Nun lag sie ganz dicht neben Anna. Deren Hand näherte sich der Bettnachbarin. Dann umschlossen ihre Finger die kleinen Hände der jungen Frau. „Inge, es ist so schön, dass du hier bist. Du wirst mit unserem Willi eine gute Ehe führen. Gott schütze euch beide." Nach diesen Worten drehte sich Anna auf die Seite und schlief bald darauf ein. Inge war sich sicher, dass ihr Wunsch aus dem Brief, den sie mit in die Baumhöhle gelegt hatte, auf wundersame Weise erfüllt war. Bevor sie einschlief, betete sie noch: „Lieber Gott, ich danke dir für meinen Wilhelm. Beschütze ihn und unsere Liebe." Bald darauf war auch sie in das Land der Träume eingetaucht.

Schon sehr früh am Morgen hatten sich Aaron und Willi getroffen. Sie saßen in Aarons

Zimmer, als Herr Schreiter den Raum betrat. Er schaute Willi an und sagte nur: „Willi, du kennst doch noch unseren Botenjungen Gunther. Der hatte sich freiwillig zum Militär gemeldet, und nun ist er in der großen Schlacht an der Somme umgekommen." Herrn Schreiter schien gerade diese Nachricht besonders zu beschäftigen. Er war strikt gegen alle gewaltsame Auseinandersetzung. Dazu hatte er ein Wort auf den Lippen, das aus seinem Munde schon eigenartig wirkte. Er zitierte Jesus den Nazarener: „Wer das Schwert hebt, wird durch das Schwert umkommen." Aber es stimmte schon. Gewalt provozierte neue Gewalt. Und dann schaukelten sich die gegenseitigen Beschuldigungen in unbekannte Sphären hoch. Aber auch immer mehr Menschen im Land, alles die einfachen Leute, verabscheuten den furchtbaren Krieg. Sie wünschten nichts sehnlicher, als das dieses Blutvergießen ein Ende hätte, und Väter, Brüder und Söhne endlich nach Hause kämen.

Sie saßen lange schweigend im Zimmer. Willi fühlte eine große Traurigkeit in sich. Er musste daran denken, wie begeistert er als Kind war, wenn er über Soldaten, Gefechte und Heldentum nachdachte und redete. Heute hatte er erkannt, wie unbarmherzig und brutal der

Krieg war, und wie die Soldaten auf beiden Seiten der Frontlinien in den Tod gehetzt wurden. Wenn es möglich wäre, zum Frieden beizutragen, dann würde er das tun. Aber was sollte schon ein einzelner junger Mann im Weltgeschehen bewirken?

Aaron riss seinen Freund aus den trüben Gedanken. Er musste Willi unbedingt das für ihn Wichtigste sagen. Und so stand er vom Stuhl auf, holte von seinem Schreibtisch ein Foto und gab es Willi. Zu sehen war eine junge Frau. Aufrecht und stolz waren ihr Blick und die Haltung. „Das ist Sarah. Wir kennen uns aus der Handelsschule. Sie studiert im Bereich Handelsrecht und internationale Beziehungen, als einzige Frau in diesem Fachbereich. Wir lernten uns bei einem Treffen der Sozialdemokraten kennen. Sie war auch dort die einzige Frau. Gemeinsam gingen wir noch vor dem Ende des Treffens aus dem Haus. Uns beiden war klar, dass wir nicht zu dieser Gruppe gehören könnten. Zuerst liefen wir ziellos durch die Straßen. In einem kleinen Park fanden wir etwas abseits stehend eine Bank, auf der wir noch lange nebeneinander saßen. Sarah erzählte viel von ihrem Elternhaus. Ich war so eingenommen von ihr, bewunderte ihre tiefschwarzen gelockten Haare und sah sie ständig von der Seite an. Sie trug ein Kleid mit einem großen Kragen. Während sie sprach, ruhten ihre Hände im Schoß. Ich weiß nicht, wie lange wir dort gesessen hatten. Auf dem Weg zu ihrer Pension nahm ich ihre Hand, die sie mir auch gern überließ. An der Haustür verabschiedeten wir uns, und ich bat Sarah um ein neues Treffen. Sie meinte, dass das irgendwann schon möglich sei. Gut, sagte ich, dann bin ich morgen um sieben abends bei dir. Sarah musste herzhaft lachen, als sie erkannte, dass ich ihr nicht zugehört hatte. Mir selbst war unsere Begegnung tief ins Herz gefallen. Ich wusste, dass ich diese Schönheit an meine Seite als Ehefrau wünschte." Willi hatte aufmerksam zugehört. Er konnte seinen Freund wirklich gut verstehen, wusste er doch selbst auch von dem Glück und all den wunderbaren Gefühlen der Liebe. Er stand auf, umarmte seinen Freund und bat ihn, nicht zu lange zu warten, ihm seine Sarah vorzustellen.

Zum Mittagessen war Willi wieder zu Hause. Für den Nachmittag wurde die Arbeit abgesprochen. Ernst wollte nach Berna gehen, um dort mit einem Bauern einen Handel fest zu machen. Zwei Schafe und ein Schwein sollten den Besitzer wechseln. Im Tausch dafür stand in Berna ein noch recht junges Pferd im Stall.

Ernst hoffte sehr, dass er sich mit dem Bauern einigen konnte.

Willi und Fritz räumten die Dachkammer aus und trugen alles in die Scheune. Neben vielen leeren Säcken gab es auch eine ganze Reihe mit Saatgut gefüllter. Dieser Raum unter dem Dach war eigentlich nur ein Holzverschlag mit einer einfachen Tür aus Leisten. Die rissigen Bodenbretter ließen sich schwer fegen, aber schließlich war der größte Staub, vermischt mit Mäusekot und Spinnenweben, einigermaßen entfernt. Dann kamen Anna und Inge mit einem Eimer dampfend heißem Wasser. Auf den Knien rutschend, schrubbten sie so gut es ging den Fußboden. Es dauerte nicht lange, und die ganze Feuchtigkeit war getrocknet. Anna hatte Fritz nach unten geschickt, um die drei dicken Pferdedecken nach oben zu holen. Es war Annas Geschick zu verdanken, dass der Fiedler-Bauer sie abgab. Das Versprechen, ihm bei der Kartoffelernte als Gegenleistung zu helfen, wurde wie üblich mit einem Handschlag besiegelt. Hier auf dem Land galt eine Zusage noch viel.

Die drei gründlich gereinigten starren Decken bedeckten bald die rissigen Bretter. Es war kein Teppich, aber schon diese einfachen Dinge gaben der Dachkammer ein freundlicheres Aussehen. Die jungen Männer hatten eine kleine Kommode in den Raum gestellt und das Kastenbett mit frischem Stroh ausgefüllt. Darauf legte Inge eine dicke rosshaargefüllte Matratze. Darüber breitete sie ein neues Betttuch, legte eine große Zudecke und ein Kopfkissen obenauf. Willi hatte inzwischen eine dunkelblaue Stoffbahn von innen an die Tür genagelt. So wurde die kleine Dachkammer nach und nach zu einem freundlichen Zimmerchen, von dem Inge fröhlich Besitz ergriff. Sie zog Willi lachend auf das Bett und als sie saßen, ließen sie sich einfach nach hinten fallen.

Am Abend war alles soweit vorbereitet, so dass Inge ihr eigenes kleines Reich beziehen konnte. Für ihre Habseligkeiten gab es genügend Platz. An großen Nägeln, die Fritz in die Wand geschlagen hatte, hingen das Sonntagskleid, zwei Schürzen und ein wollener Umhang. Inges größter Schatz, die von Willi geschenkte Unterwäsche, ruhte noch unangetastet im untersten Kasten der Kommode. Mitten in dem gewaltigen Weltenbrand, der in ganz Europa tobte, gab es hier in dem Bauernhaus in Trona eine Insel des Friedens und der Ruhe.

Schnell waren die Tage vergangen, und Willi rüstete sich für neue Aufgaben. Für einen Pensionsplatz in der Kleinstadt war gesorgt, das hatte er an einem der letzten Vormittage mit Aaron erledigt. Auch der große Holzkoffer stand zur Abfahrt bereit. Zwei neue Anzüge bekamen ihren Platz im Kofferinneren. Aaron hatte wieder einmal seinen großen Kleiderschrank ausgeräumt und mit Willi verschiedene Hosen, Hemden und Jacken anprobiert.
Aber nun war es Montag. Heute, an diesem 3. September, fuhren sie in die zweite Fabrik der Schreiters, eine Weberei.

Auch hier in der Fabrik gab es eine erste und gründliche Einweisung. Dann führte der Betriebsleiter den jungen Mann durch die großen Hallen. Willi sah das erste Mal Flachwebstühle. Es war faszinierend, wie Reihe für Reihe eine Stoffbahn entstand. So richtig verstanden hatte er zwar noch nicht, was es mit Kette und Schuss auf sich hätte. Aber er musste sich keine Sorgen machen, auch hier in der Fabrik begann sein zweites Lehrjahr mit der praktischen Mitarbeit in der Produktion. Er wollte mit seinem Begleiter die Produktionshalle verlassen und sah noch einmal zurück, um sich einen Gesamteindruck zu verschaffen. Jetzt erst fielen ihm die Transmissionen auf, über die alle

Webstühle angetrieben wurden. Also ging es auch noch kurz in das Kesselhaus, wo zwei Männer gerade den Dampfkessel neu mit Kohle bestückten. Diese Dampfmaschine war also das Herz des Betriebes. Bald würde aber die zwar bewährte, aber eben auch alte Technik abgebaut. Neue elektrische Antriebe waren jetzt gefragt. Auch diese Maschinen hatten sich in den letzten Jahren gut bewährt. Willi würde diese Umstellung und den damit verbundenen Umbau in seinem Lehrjahr in allen Phasen miterleben. Im Verwaltungsgebäude, einer ehemaligen Villa, die der Großvater der Schreiters, erbauen ließ, wurde er an seinen zukünftigen Arbeitsplatz im großen Büro geführt. Hier saßen hinter-einander in zwei Reihen ein Mann und sechs Frauen. Die beiden Reihen wurden von einem Mittelgang getrennt, der an einer Tür endete. Dort war das Büro des Direktors.

Mit vielen neuen Eindrücken kam Willi am Abend in der kleinen Pension an. Sein Abendessen stand schon auf dem Tisch, und nur kurze Zeit später lag er in seinem frisch bezogenen Bett. Er las noch ein paar Seiten in dem Buch, welches ihm Fräulein Binder zum Abschied geschenkt hatte. Es war Virginia Woolfs erster Roman „The Voyage Out". Willi war

ganz angetan von der Titelheldin, einer Vier-
undzwanzigjährigen, die mit dem Schiff nach
Südamerika fährt und dort mit Onkel und
Tante in einer Villa lebt. Mit englischen Hotel-
gästen aus der Nachbarschaft unternimmt die
inzwischen verlobte junge Frau eine Flussreise
in ein Eingeborenendorf, von der sie aber
krank zurückkommt. Sie stirbt und ihr Verlob-
ter muss sich diesem Verlust stellen. An manchen Stellen fand Willi diese Geschichte nicht
sehr spannend. Aber die unterschwelligen
Fragen nach der Stellung der Frau und ihrem
Auftreten in der Öffentlichkeit, bewegte auch
ihn.

Willi fand gut in die neuen Aufgaben und
die Abläufe mit ihren Rhythmen hinein. Er
interessierte sich für den ganzen Arbeitsab-
lauf, und da, wo es möglich war, legte er mit
Hand an. Zwei spezielle Webstühle hatte es
ihm besonders angetan. Auf diesen Jacquard-
Webstühlen, so hieß der Erfinder aus einer
Lyoner Seidenweberei, entstanden Stoffe mit
eingewebten Mustern oder Figuren. Wie genau das funktionierte, konnte er sich nicht
vorstellen. Der Arbeiter zeigte ihm Lochkar-
ten, mit deren Hilfe Kettfäden angehoben
wurden, und so entstand dann das eingewebte

Muster. Ein Ausstellungsstück von der vorjährigen Leipziger Messe, was hier entstanden war, lag in einem Schrank mit Glastüren im Bürogebäude. Jeder, der das Haus betrat, sah sofort diese Kostbarkeit. Es war eine weiße Tafeldecke, auf der die Abendmahlszene, dem berühmten Bild von Leonardo da Vinci nachempfunden, dargestellt war. Inzwischen gab es aus der ganzen Welt Anfragen und Bestellungen für dieses Erzeugnis. Auch andere Erzeugnisse verkauften sich ausgesprochen gut. Es waren gewebte Tapeten, beliebt und begehrt.

Viel zu schnell verging die Zeit seiner praktischen Arbeit. Nun saß er täglich an seinem Schreibtisch und beschäftigte sich mit Akten, Anfragen, Briefen...

Der Direktor war sehr zufrieden mit dem gewissenhaften jungen Mann. Die Arbeit im Büro gefiel Willi sehr gut. Er bekam Einblick in die einzelnen Vorgänge, konnte jederzeit nachfragen, und alles selbst ausprobieren. Ein schöner Nebeneffekt seiner Büroarbeit war die Zuneigung, die er von allen Mitarbeitern spürte. So gab es oft kleine Gesten, die das deutlich ausdrückten. Mal war es ein Apfel auf seinem

Platz, oder auch eine Schüssel mit eingelegtem Kompott. Immer häufiger wurde er nun auch in die Verhandlungen mit Kunden und Interessenten eingebunden. Der Direktor war froh, dass die Englischkenntnisse manchen Auftrag einbrachten. Gerade in dieser weltweiten politischen Krise waren alle Handelsbeziehungen zum Überleben der Firma wichtig. Mancher Händler, der in der Firma vorsprach, hatte einen weiten und oft auch gefährlichen Umweg hinter sich. Die langjährige Zusammenarbeit und die hohe Qualität der Stoffe waren dann doch ausschlaggebend, auch im Feindesland einzukaufen. Die Auslieferungen an die ausländischen Kunden wurde zwar immer schwieriger, dennoch gelang sie aber zeitnah. Immer wieder zeigte es sich, dass die guten Beziehungen, auf die Herr Schreiter stets besonderen Wert gelegt hatte, in dieser schwierigen Zeit standhielten. Die Firmengrundsätze für die Geschäftsführung hatte Willi sich schon zu eigen gemacht. Das waren Gerechtigkeit, klare Absprachen und eindeutige Verträge, die auch unter allen Umständen eingehalten wurden. Beschwerden oder Mängel wurden so schnell wie möglich beseitigt und kostenloser Ersatz geleistet.

Durch die Mobilität von Aaron war Willi in den nächsten Wochen fast jeden Samstagabend zu Hause. Er war glücklich, seine Inge in den Armen zu halten. Trotz aller Offenheit und ganz ohne Scham, so wie sie miteinander umgingen, waren beide sich ohne Worte einig, die letzte Grenze nicht zu überschreiten. Willi hatte seiner Inge versprochen, sie zu heiraten. Aber erst musste er seine Lehre erfolgreich abschließen. Wenn sie zusammen in der Scheune auf ihrem Lieblingsplatz im Heu lagen, hatte er sie gern im Arm. Ganz ohne Hintergedanken ruhte seine Hand dann auf ihrer Brust.

Die Wochenendstunden verrannen immer viel zu schnell. Aaron fuhr ihn montags sehr früh in die Firma. Das war jedes Mal auch die Gelegenheit, miteinander über alles zu reden, was sie in den letzten Tagen beschäftigt hatte. Außer auf den gemeinsamen Fahrten mit dem Automobil trafen sie sich nur noch sehr selten. Aaron war so oft es ihm möglich war, mit seiner Sarah zusammen. Er hatte sich inzwischen auch bei ihren Eltern vorgestellt und um ihre Hand angehalten. Seine und auch ihre Eltern kannten sich inzwischen, und die beiden Mütter planten schon eine eventuelle Hochzeit.

Aber zunächst waren sich alle einig, nichts zu übereilen. Vielleicht in zwei Jahren, wenn dann hoffentlich dieser furchtbare Krieg zu Ende wäre, dann könnte man an das große Fest denken.

Niemand konnte sich zu Beginn des Jahres 1917 vorstellen, was für große Umbrüche und Einschnitte geschehen würden. Willi war kurz vor Weihnachten nach Hause gekommen und bis Silvester geblieben. Es war ein fröhliches Zusammensein, unter dem Dach des Elternhauses. Alle wussten aber auch, wie zerbrechlich das kleine Glück in Trona war, während Europa immer grausamer in den Krieg taumelte.

Der 1. Januar des neuen Jahres fiel auf einen Montag. Mit dem Direktor war abgestimmt, dass Willi seine Arbeit erst am Mittag antreten würde. Er sollte mit Herrn Schreiter in die Firma fahren. Der war, wie schon in den Jahren zuvor, in seinen einzelnen Fabriken unterwegs. Für jeden Arbeiter und Büroangestellten gab es einen Umschlag mit einem kleinen Geldbetrag als Dank für die geleistete Arbeit des vergangenen Jahres. Im vergangenen Jahr gab es Kriegsverluste auch unter den

Arbeitern. Einige Mitarbeiter wurden zum Kriegsdienst befohlen, und es gab auch schon Gefallene. Herr Schreiter hatte deshalb für den diesjährigen Jahresbeginn auch die Frauen der Soldaten eingeladen. Sie sollten an der Stelle ihrer Männer die kleine Zuwendung erhalten. Willi war beeindruckt, mit wie viel Achtung der Fabrikant mit seinen Arbeitern umging. Aber irgendwie kannte er das schon von klein auf. Die Freundschaft mit Aaron war das beste Beispiel dafür. Willi, der Bauernsohn, war ja fast schon Teil der Familie Schreiter.

Mitte Februar kamen alle Direktoren, Prokuristen und Herr Schreiter in Begleitung seines Sohnes zu einer Krisensitzung zusammen. Aaron holte im Auftrag seines Vaters den Lehrjungen aus dem Büro und nahm ihn mit in den großen Konferenzraum. Das hatte es noch nie gegeben, dass ein junger Berufsanfänger am Tisch neben erfahrenen älteren Leitern saß. Das Thema für die Zusammenkunft war die katastrophale Versorgungslage im Land. Mehrere Probleme waren aufeinander getroffen, die das soziale Zusammenleben erschütterten. Für die Bauern war es nach einer ohnehin schlechten Ernte viel gewinnbringender, wenn sie ihr Getreide und die Kartoffeln als Viehfutter verbrauchten oder an

eine der unzähligen Schnapsbrennereien verkauften. Willi bekam den Auftrag, mit Aaron
von Hof zu Hof zu gehen, und alle Vorräte
aufzukaufen, die zu bekommen waren. Noch
am Abend fuhr er deshalb mit Schreiters nach
Trona.

Am nächsten Morgen sollte die Tour durch
Trona, Linda und Berna beginnen. Ein firmen-
eigener Lastwagen war beauftragt, die Lebensmittel abzuholen und an die Mitarbeiter
in den Betrieben zu verteilen. Die Bezahlung,
so hatten sie alle beschlossen, würde mit dem
Arbeitslohn verrechnet. Herr Schreiter war
sich bewusst, dass die Arbeiter nicht in der
Lage waren, den derzeitigen Preis zu zahlen.
Deshalb hatte er Rabatte angeordnet, die dann
über das Firmenvermögen ausgeglichen werden sollten.

Mit Eifer hatten sich Willi und sein Freund
Aaron in diese Aufgabe gestürzt. Sie wussten
tief in ihrer Seele die großzügige Zuwendung
durch Herrn Schreiter zu schätzen. So eine
Haltung würden sie selbst in Zukunft prakti-
zieren. Die Mitarbeiter in den Fabriken konnten kaum glauben, als sie diese praktische
Hilfe vor sich sahen. In vielen Herzen wurde

der feste Entschluss gefasst, bei geeigneter Gelegenheit, all das Gute zurückzugeben.

Die Wochen, angefüllt mit Arbeit und Bangen, wer wohl die Firmenerzeugnisse kaufen würde, brachten viele beunruhigende Neuigkeiten. Seit dem Jahresbeginn gab es keine Handelsbeziehungen mehr mit Amerika.

Im März, so schrieben die Zeitungen, hatte Zar Nikolaus II abdanken müssen, kurz nachdem er den Schießbefehl auf die Aufständischen der Februar-Revolution unterzeichnet hatte. Was in dem großen russischen Zarenreich noch kommen würde, ahnte niemand. Ein Mann namens Wladimir Iljitsch Uljanow, er selbst nannte sich Lenin, hatte die Führung der Bolschewiki übernommen, einer Partei mit sozialistischer Ausrichtung. Mit Hilfe der deutschen Regierung war er nach Russland zurückgekehrt. Niemand ahnte, welche umwälzenden Ereignisse damit eingeleitet wurden.

Am 6. April traten die Vereinigten Staaten von Amerika als Assoziierte der Entente mit ihrer Kriegserklärung gegen Deutschland in das Kampfgeschehen ein. Ein großes Truppenkontingent, vor allem aber eine Übermacht an Panzern wurde an die Westfront gebracht.

In allen Fabriken wurde Kurzarbeit angeordnet, weil wichtige Handelskunden ihre Verträge zurückgestellt hatten. Für die Arbeiter bedeutete das auch persönliche Einschnitte, der Lohn hatte sich nahezu halbiert. In Deutschland wurde zunehmend gehungert. Solange es noch irgendwo Lebensmittelreserven gab, kaufte Herr Schreiter diese auf, um die Not seiner Arbeiter etwas zu verringern. In den Chefetagen wurde intensiv über das weitere Vorgehen und die Suche nach neuen Absatzmärkten nachgedacht.

Ein Vertreter der Leipziger Messe besuchte auf seiner Werbetour alle ansässigen Firmen. Im Gepäck hatte er das neue Firmenzeichen der Messe, zwei übereinander stehende „M". Lange wurde beraten, was eine Ausstellung der Artikel auf der Leipziger Mustermesse für Ergebnisse erzielen könnte. Schließlich entschied der Firmeninhaber, alles für eine Messeteilnahme vorzubereiten. Sicher war auch der deutliche Preisnachlass der Messeleitung auf die benötigten Ausstellungsflächen ein zusätzlicher Anreiz. Auch der Standort, in einem Messehaus mitten in der Stadt, fast gegenüber vom Bahnhof, war in diesem Jahr besonders günstig.

Willi wurde in alle Vorbereitungen für die Leipziger Messe intensiv mit einbezogen. Er kümmerte sich um den nötigen Schriftverkehr. Aber auch für Absprachen in den einzelnen Abteilungen war er zuständig. Von allen anerkannt, arbeitete er gewissenhaft an den ungewohnten neuen Aufgaben. Keiner hätte vermutet, dass er noch immer Lehrling war. Die Wochenenden verbrachte er vielfach an seinem Arbeitsplatz.

Obwohl ihm die Arbeit auch Freude bereitete, hatte er eine große Sehnsucht nach Inge. Immer wenn er an sie dachte, hatte er ihr fröhliches Lachen und die weichen Lippen vor Augen. Beruhigend war, dass es Inge bei seinen Eltern gut ging.

Aaron besuchte seinen Freund an einem Maisonntag. Er wusste, dass er ihn in der Firma antreffen würde, denn die beiden hatten noch miteinander telefoniert. Im Verwaltungsgebäude war an der Wand im Eingangsbereich ein Kurbeltelefon angebracht. Im Haus der Schreiters stand auf einem runden Tisch ein neues Standgerät der Firma Siemens & Halske. Mit einem seitlich angebrachten Kurbelinduktor wurde das Fräulein vom Amt benachrichtigt, die dann die verlangte Verbindung mit den dafür nötigen Kabeln in den entsprechenden Buchsen herstellte.

Aaron kam schneller, als angekündigt. Er umarmte seinen Freund und dann setzten sich beide in eine Sesselgruppe im Chefbüro. Die Neuigkeiten wurden ausgetauscht. Dann war es still. Aaron sah in das Gesicht seines Freundes und berichtete, dass eine Hochzeit innerhalb des kommenden Vierteljahres anstand. Er hatte seine Sarah nach einem ausgedehnten Spaziergang geliebt. Sie waren, als sie nach Hause in das Pensionszimmer von ihr kamen, lange nebeneinander gesessen. Dann begannen sie sich zu küssen. Immer leidenschaftlicher und fordernder wurden die Küsse, und bald beugte sich Aaron über den Brustansatz seiner Braut. Sie hatte ohne Widerstand die Knöpfe ihres Kleides geöffnet, und bot sich so mit ihrer ganzen Schönheit an. Aaron strich zärtlich über die wohlgeformten Brüste. Immer wieder küsste er sie abwechselnd. Sarah versuchte, aufzustehen, aber Aaron konnte sie nicht loslassen. Flüsternd in sein Ohr bedeutete sie ihm, dass sie ihr Kleid ausziehen wolle.

Während sie sich langsam auszog, ihr Kleid sorgsam über einen Stuhl legte, hatte Aaron seine Bekleidung schon stürmisch abgelegt. Er ließ alles einfach auf den Boden fallen. Dann lagen sie, sich innig küssend, im Bett. An dieser Stelle stoppte der Redefluss, und Aaron sah seinen Freund an. Nach einer kurzen Pause fuhr er mit seinem Bericht fort. Seine Sarah und er waren die ganze Nacht zusammen. Leidenschaftlich liebten sie sich. Nach einer Ruhepause begann das bezaubernde Spiel wieder von vorn. Dreimal erlebten beide einen unvergesslichen Höhepunkt, bis sie dann doch noch einschliefen. Am Morgen erwachten sie, noch immer nackt und eng aneinander liegend. Bevor sie das Bett verließen, wiederholten sie das Liebesspiel der Nacht.

Aarons Augen glänzten beim reden. Man konnte ihm die tief empfundene Liebe im Gesicht ablesen. Gleichzeitig war auch eine leichte Röte an den Wangen zu sehen, denn er hatte seinem Freund sein intimstes Erleben erzählt. Willi hatte schweigend zugehört. Dann legte er Aaron eine Hand auf die Schulter und sagte nur: „Oh, wie wunderschön." Der erwiderte, dass Sarah ein Kind bekommen würde, und deshalb sollte noch schnell Hochzeit gefeiert werden.

Als sich die Freunde voneinander verabschiedeten, blieb Willi nachdenklich und wehmütig zurück. Er konnte und wollte nicht mehr arbeiten, sondern lieber in seinem Zimmer ausruhen. Also schloss er sorgsam das Bürogebäude ab und eilte schnell in die Pension. Nach dem Essen saß er noch lange auf dem Rand seines Bettes und dachte über die Begegnung mit Aaron nach. Alles das, was sein Freund ihm berichtet hatte, verwandelte sich in Willis Überlegungen in eine immer stärker anwachsende Sehnsucht nach seiner Inge. Erst viel später beendete der Schlaf die Grübelei des Abends.

Willi hatte inzwischen Gefallen gefunden, die Tageszeitung gründlich durchzulesen. Im Juli wurde über eine schillernde Persönlichkeit, namens Mata Hari, berichtet. Diese holländische Tänzerin war durch ihre Nacktauftritte bekannt geworden. Vor einem französischen Militärgericht hatte man sie wegen Doppelspionage und Hochverrats angeklagt, und am 25. Juli verkündeten die Richter das Todesurteil.

Alle Vorbereitungen für den Messetermin im August in Leipzig waren getroffen. Willi sollte dort, an der Seite von zwei erfahrenen Angestellten, neue Erfahrungen sammeln und die Firmeninteressen vertreten. Er freute sich sehr über diese Aufgabe, die ihm zeigte, was für großes Vertrauen ihm entgegengebracht wurde.

In Leipzig angekommen, wurden die verpackten Produkte in der großen Ausstellungshalle im Erdgeschoss des Messehauses abgestellt. Vor den hohen Eingängen standen viele Männer, immer voller Hoffnung, von einem der angereisten Messeaussteller eine Aufforderung zur Mithilfe zu bekommen. So ließen sich vielleicht noch ein paar Groschen verdienen, um ein Brot für die Familie kaufen zu können.

Die Messetage vergingen schnell. Abends lag Willi, rechtschaffen müde, in seinem Hotelbett. Er schlief schnell ein und wachte gut ausgeruht am nächsten Morgen auf. Es gab viele neue Handelskontakte. Willi konnte mit seinen sehr guten Englischkenntnissen manches Gespräch in einen erfolgreichen Verlauf führen. Eine große Zahl amerikanischer Einkäufer war zur Messe angereist. Es zeigte sich, dass Kriegsgegner unversöhnlich gegeneinander kämpften, aber die Einkäufer durchaus bereit waren, Verträge mit deutschen Fabriken abzuschließen.

Die Produkte, die Willi vertrat, waren sehr vielfältig. Da gab es Stoffe in unterschiedlichsten Qualitäten, aber auch Fertigprodukte, wie die inzwischen sehr begehrten Damenhandschuhe aus der Fabrik in Trona. Am Ende der Mustermesse waren die Auftragsbücher gut gefüllt. Willi beaufsichtigte noch einen ganzen Tag danach den Abbau der Firmenstände. Aber er nutzte auch die Zeit, um noch schnell bei anderen Ausstellern vorbeizuschauen. Der Stand der Firma Steiff hatte es ihm besonders angetan, dort wurden Stofftiere angeboten. Diese Firma hatte sich aus kleinsten Anfängen zu einer anerkannten Adresse entwickelt. Ein Bär aus zotteligem Mohairfell war Willis Favorit. Er kaufte ihn, um den kleinen Kerl als Geschenk in die Hände seiner Inge zu legen. Sogar ein Messerabatt wurde ihm eingeräumt, denn in den vergangenen Tagen war der Bär durch viele Hände gegangen. Im Ohr war der typische Knopf mit der Aufschrift „Steiff" angebracht. In einem kurzen Gespräch mit dem Firmenvertreter erfuhr er, was dieser Knopf zu bedeuten hatte. Das aller erste Tier, von der Firmengründerin Margarete Steiff selbst genäht, war ein Elefant, der eigentlich als Nadelkissen gedacht war. Schnell eroberten sich aber die entstandenen Exemplare die Herzen der Kinder. Im Ohr befestigt, wies ein eingeprägter Elefant auf der kleinen Metalloberfläche auf die Steiff-Manufaktur hin. Später wurde dann das Elefantenabbild gegen den Schriftzug „Steiff" ausgewechselt. Diese Kennzeichnung diente zum Schutz gegen Nachahmer und garantierte die Echtheit des jeweiligen Produktes.

Dann war es endlich so weit, und Willi wurde von seinem Freund Aaron mit dem Automobil abgeholt. Es gab viel zu berichten, und abwechselnd wurden Neuigkeiten ausgetauscht. Aaron freute sich von Herzen über die erfolgreichen Messetage. Das würde den Arbeitern in den einzelnen Fabriken Lohn und damit Brot sichern. Und doch blieb bei aller Genugtuung über das Erreichte auch die unausgesprochene Befürchtung, der Krieg würde noch alles zerstören und zunichte machen.

In Trona angekommen, erstattete Willi erst einen umfassenden Bericht vor der ganzen Familie Schreiter. Er übergab einen dicken Aktenordner mit den ausgehandelten Verträgen.

Nach seiner Verabschiedung brachte Aaron seinen Freund noch nach Hause, damit er seinen kleineren Reisekoffer nicht tragen musste.

Die Freude im Elternhaus war sehr groß. Mutter Anna umarmte ihren Großen, so nannte sie ihn, nachdem er sie mit seinem Wachstum nicht nur eingeholt, sondern auch deutlich überholt hatte. Inge hielt ihren Willi so fest, dass er ihren vielen Küssen gar nicht ausweichen konnte. Aber das hätte er ja ohnehin nicht gewollt. Der Vater Ernst legte seinen Arm um Willis Schulter und sah seinen Sohn glücklich an. Alle waren bestens informiert, wie erfolgreich die Messe verlaufen war. Fritz war noch irgendwo unterwegs, aber sie würden sich später begrüßen und die Lage hier auf dem Hof besprechen. Seiner Inge gab er ein Päckchen. Als sie es aufwickelte, hielt sie den Spielzeugbär in der Hand, den Willi für sie gekauft hatte. Der kleine weiße Kerl hatte einen etwa 20 cm langen Körper, darauf einen Kopf von 10 cm Höhe, versehen mit einer gestickten schwarzen Nase und runden schwarzen Knopfaugen. Die Beine waren etwa 17 cm lang, die, genauso wie die Arme, beweglich waren. Inge war glücklich mit ihrem Geschenk und sie verkündete stolz: „Der wird ab sofort in meinem Bett neben mir liegen, und so lange dort bleiben, bis du, mein liebster Willi, seinen Platz einnimmst.

Am Abend saßen noch Ernst und die beiden jüngeren Männer Fritz und Willi am Küchentisch. Lange sprachen sie über die sehr schwierige Wirtschaftslage auf dem Hof. Bisher musste niemand hungern, aber durch die schlechte Ernte im letzten Jahr waren auch lange gesammelte Vorräte fast aufgebraucht. Sie hofften alle drei, dass der Krieg endlich vorbei wäre, aber sie ahnten auch, dass der Neuanfang für Deutschland besonders schwer würde. Dann überlegten sie, wie sie mehr Platz im Haus für das gemeinsame Wohnen schaffen könnten. Nach vielen Vorschlägen und in sehr vorgerückter Stunde einigten sie sich, baldmöglichst die Tiere aus der einen Haushälfte herauszunehmen. Ein Anbau an der Scheune, wäre dann der bessere Ort dafür. Außerdem konnten so die Schweine einen eigenen Stall bekommen. Das Wohnhaus selbst sollte vergrößert werden. Der Stallbereich war von der Grundfläche her groß genug, um Küche, Stube und Schlafzimmer für Fritz und seine Lina zu errichten. Für Willi und Inge konnte das Dach ausgebaut werden. So würde jede Hausecke sinnvoll genutzt.

Willi versprach noch, in der Stadt einen geeigneten Baumeister zu suchen, der dann die Planung übernehmen könnte.

Zufrieden und glücklich gingen die Männer ins Bett. Ernst strich noch einmal seiner schlafenden Frau vorsichtig über das Haar, Fritz und Willi wünschten sich noch eine gute Nacht, dann umhüllte sie alle eine tiefe Ruhe. Im Bett liegend spürte Willi eine große Erschöpfung, und so verschlief er am nächsten Morgen zum zweiten Mal den gemeinsamen Tagesbeginn während des Frühstücks.

Es war Sonntag, und Anna, Ernst und Inge waren auf dem Weg zur Kirche. Als Willi in die Küche kam, stand sein Frühstück auf dem Tisch. Fritz arbeitete noch im Stall, kam aber, nachdem er sich an der Wasserpumpe die Hände gewaschen hatte, in die Küche. Ihn bewegten die am Vorabend abgesprochenen Umbaupläne. Er sah manche Schwierigkeit bei diesem Vorhaben. Vor allem das benötigte Geld, wo sollte das wohl herkommen? Willi hörte aufmerksam zu. Viel zu gut konnte er die Bedenken verstehen. Aber unter der Anleitung eines erfahrenen Maurers, musste es doch möglich sein, selbst zu bauen.

Am Sonntagnachmittag wurden die Ideen für einen Hausumbau noch einmal besprochen. So erfuhren die Frauen, welche Veränderungen es geben, und wie das Zusammenwohnen möglich würde. Inge war begeistert. Sie beteuerte immer wieder, tatkräftig den Männern zur Hand gehen zu wollen.

Dann war das Hausthema ausführlich geklärt, und Inge sagte, das Thema wechselnd: „Ich freue mich riesig über die Einladung zu Aarons Hochzeit. Die ist ja schon am Dienstag. Willi, ich habe Dein Hemd gewaschen und gebleicht. Du kannst es dann zu deinem schwarzen Anzug anziehen."

Ein solches Fest, wie Aarons Hochzeit, hatte noch niemand je zuvor gesehen. Alle Bewohner der Höfe und Häuser waren gekommen. Sie hatten sich festlich gekleidet. Die Frauen kamen mit ihren Sonntagsschürzen und einem geflochtenen Blumenkranz auf dem Kopf. Die Männer trugen frisch gewaschene und gebleichte Hemden, die Hosen von breiten Hosenträgern gehalten. Ungewöhnlich war der Hochzeitstermin an einem Dienstag. Aaron hatte mit seinem Freund über alle Einzelheiten der Feier gesprochen und ihm die

Bedeutung der Riten erklärt. Willi wusste nun, dass gerade der Dienstag eine besondere Bedeutung hatte. Er erinnerte an den dritten Schöpfungstag der Bibel, „ki tow" genannt. Das bedeutete übersetzt: Und Gott sah, dass es gut war. Diese Bedeutung war gerade für den Beginn einer Ehe, und damit laut jüdischem Verständnis einer Neuschöpfung, für die Gründung einer Familie wichtig.

Die Hochzeit fand im großen Garten der Familie Schreiter statt, der schon seit Jahren umgestaltet und als Park angelegt war. Die große Wiese in der Gartenmitte begrenzten sorgsam gepflegte und fein geharkte Wege, die an zwei gegenüberliegenden Seiten in eine Sitzgruppe mit Steinbänken führten. Mitten auf der Wiese stand eine Art Zelt. Auf vier Stangen ruhte ein Baldachin. Lange Stoffbahnen feinster Seide, verziert mit Satin und Samtbändern, hingen vom Dach herunter und waren jeweils von der Mitte her gerafft und nach links oder rechts an den vier festen Holzstangen festgebunden. So konnte von allen Seiten der Platz unter dem Seidenhimmel eingesehen werden. Dieser Aufbau und die vier, in jeder Himmelsrichtung offenen Seiten, sollten an den Vorvater Abraham erinnern. Sein

Haus hatte eine Tür auf jeder Seite und symbolisierte so, dass Gäste immer willkommen waren und warm empfangen würden. Heute aber war es ein Symbol für die Neugründung eines eigenen Hausstandes. Dieser Baldachin, Chuppa genannt, war deshalb heute der Ort der Trauung. Nach wenigen Minuten wurden die Braut und ihr Bräutigam zum Baldachin geführt. Sie trug ein zauberhaftes Kleid mit viel Spitze, das Gesicht verschleiert. Der Bräutigam, ebenfalls weiß gekleidet, stand seiner Sarah gegenüber. Nun begann, die für viele fremde, aber sehr beeindruckende Zeremonie. Der Rabbi, ein Mann schon im vorgeschrittenen Alter, begann mit der Angelobung, im Jüdischen hieß das Erussion. Nach seinem Segen über einen Becher mit Wein, gab er diesen an das Brautpaar weiter, damit sie einen Schluck daraus trinken konnten. Unter der Chuppa umschritt dann die Braut ihren Bräutigam. Damit bekräftigte sie, dass sie ihre behütende Aufgabe ernst nahm. Sie würde das ganze Haus mit Liebe und Verständnis schützen. Die siebenmalige Umrundung des Bräutigams wies auf die sieben Tage der Schöpfung hin. Nun war es so weit, auch eine neue Schöpfung zu vollziehen, und selbst eine neue Welt aufzubauen. Dann traten zwei Zeugen unter das Dach des Baldachins. Es waren ein Cousin der Braut, und neben ihm der beste Freund Aarons, Willi. Aaron nahm nun einen Ring, der ihm auf einem zierlichen Kissen von seiner Schwester Miriam gereicht wurde und steckte ihn an Sarahs Finger der rechten Hand. Dann sagte er, für alle laut und vernehmlich: „Durch diesen Ring bist du mir angelobt. Nach dem Gesetz des Mose und Israels nehme ich dich zur Frau." Nach diesem sehr feierlichen Moment trat Willi auf die beiden zu. Er übergab vor ihren Augen an den Rabbi den Ehevertrag, den der entgegennahm. und nun laut vorlas. Dieser Vertrag enthielt wichtige Regeln und Vereinbarungen, wie das gemeinsame Leben gestaltet werden sollte. Der Ehemann verpflichtete sich, seine Frau zu ehren, zu kleiden und zu ernähren. Den gleichen Stellenwert hatte aber auch das Versprechen, die sexuellen Bedürfnisse seiner Frau zu befriedigen. Auch die finanzielle Absicherung war geregelt. Es musste ein Betrag festgesetzt und vorgewiesen werden, der die Unabhängigkeit für fünf Jahre sicher stellte. Nach der Verlesung des Ehevertrages kam es zur eigentlichen Eheschließung, von den Juden Nissun genannt. Der Rabbiner sprach sieben Segenssprüche über dem jungen Paar aus. Dann gab er den jungen Leuten den Weinbecher, aus dem sie abwechseln tranken. Nun wurde Aaron ein fein geschliffenes und sicher kostbares Weinglas von seinem Vater gereicht. Er legte es auf den Boden und trat mit kräftigem Ruck darauf, so dass es unter seinem Schuh zerbrach. Symbolisch stand dieser Teil des Hochzeitsablaufes für den Schmerz, den das Volk Israel durch die Vertreibung und Zerstörung des Landes in den vergangenen Zeiten erlebt hatte. Wie ein Regenschauer prasselten jetzt unzählige Reiskörner auf das junge Paar herab, und von allen Seiten erklang es „masel tow".

Die anschließende Feier war für alle ein absoluter Höhepunkt. Jeder durfte auf den langen Tafeln aussuchen, was ihn besonders interessierte. Die feinen Kuchen hatten es den Frauen aus Trona angetan, die Männer wandten sich lieber den kräftigen kleinen Brotstücken zu. Der Geschmack war vielleicht etwas ungewohnt, aber alle langten kräftig zu. Immer wenn eine Kuchen- oder Aufschnittplatte fast leer war, wurde neu aufgetischt.

Über dieses Hochzeitsfest sprach man in den nächsten Jahren immer wieder. Die Gastfreundschaft, eingebunden in fremde Riten einer unbekannten Religion, hatte in ganz Trona großen Eindruck hinterlassen. Über das kleine Dorf hinaus wurde bald schon in den Nachbardörfern dieses einmalige Erlebnis weitergesagt.

Willi war noch am nächsten Tag tief beeindruckt, als er mit seiner Inge im Heu lag. Er versprach, ihre Hochzeit sorgfältig zu planen und ihr einen unvergesslichen Tag zu bereiten.

Im Herbst des Jahres hatte es eine blutige Auseinandersetzung in Russland gegeben. Ein halbes Jahr vorher waren Lenin und 30 Bolschewiki aus dem Schweizer Exil über Finnland nach Russland zurückgekehrt. Nun hatte die von Lenin angeführte Oktoberrevolution die Regierung gestürzt. Vom 24. bis 25. Oktober nach dem in Russland angewandten Julianischen Kalender, in Deutschland und dem üblichen Gregorianischen Kalender waren es der 6. und 7. November, fegten die Aufständischen die provisorischen Regierung nach der Zarenherrschaft weg. Dieser Aufstand hatte zunächst wohl keine Auswirkungen auf die sächsischen Fabriken der Familie Schreiter. Russland, nahezu eine reines Agrarland, war als Handelspartner bisher nicht in Erscheinung getreten.

Es war kurz vor Silvester, als Aaron in der Fabrik anrief und Willi sprechen wollte. Am Telefon berichtete er von der Geburt seines Kindes. Sarah hatte gestern noch ein leichtes Ziehen im Unterbauch, aber keine wirklichen Schmerzen. In der Nacht setzten dann Wehen ein. Heute am Vormittag, kurz nach elf Uhr, wurde Aarons erstes Kind geboren, es war ein Mädchen. Sarah ginge es recht gut, aber jetzt schlief sie. Deshalb konnte Aaron auch seinen Freund anrufen. Er würde aber gleich wieder zu seiner kleinen Familie gehen, und seine Frau und das kleine Wunder bestaunen. Von Willi wollte er nur noch wissen, wie ihm der Name Ruth gefiel.

Für ein paar Tage kam Willi nach Trona. Nach der Begrüßung im Elternhaus und langen Umarmungen mit Inge, zog er sie an der Hand vor das Haus. Eilig gingen sie zur Schreiter-Villa, um die Familie dort zu begrüßen, vor allem aber wollten sie die kleine Ruth sehen. Ganz ergriffen standen Willi und Inge vor dem kleinen Kinderbettchen. Ruth hatte dichtes schwarzes Haar. Sie schlief, aber als Sarah ihre kleine Tochter aus dem Bettchen nahm, öffnete sie die Augen. Sarah gab Inge das Baby in die Arme. Wie wunderschön, dachte Inge und Tränen der Freude traten in ihre Augen.

Als Willi mit seiner Liebsten Hand in Hand wieder nach Hause ging, war zwischen ihnen eine geheimnisvolle Stimmung. Sie dachten an diese Begegnung und in ihnen wuchs der Wunsch, bald auch ein eigenes Kind im Arm zu halten.

Mit großen Sorgen begann das neue Jahr. Die Menschen in Europa wünschten endlich Frieden, aber die Kriegsgefechte wurden immer mehr von Panzern, Flugzeugen und technisch hochentwickeltem Kriegsmaterial beherrscht. Großer Gewinner waren die Vereinigten Staaten von Amerika. Auf den dortigen Märkten war nahezu alles zu bekommen, was weltweit benötigt wurde. Vor allem die Rüstungsfirmen nutzten die Absatzmärkte im kriegsgeplagten Europa. Sie sorgten ständig für Nachschub all der Güter, die die Entente, der vertragliche Zusammenschluss Englands, Frankreichs und Russlands, benötigten. Deutschland war längst, was die Kriegskosten betraf, tief in die Rezession geraten und verharrte in einer um sich greifenden Depression. Es wurde Papiergeld gedruckt, für das es keinen Gegenwert gab.

Eine wichtige Kriegsentwicklung wurde nach langen Verhandlungen am 3.März in Brest-Litowsk unterzeichnet. Ein Friedensvertrag zwischen Deutschland und Russland trat in Kraft. Die Bolschewiki beugten sich den Gebietsforderungen der deutschen Obersten Heeresleitung, um die eigene Revolution nicht zu gefährden, denn Deutschland hatte eindeutige Drohung ausgesprochen. Da auch die Ukraine einen Friedensvertrag abschloss, war der Krieg an der Ostfront beendet.

Willi verfolgte die Ereignisse mit großem Interesse. Der östliche Frontverlauf existierte nicht mehr, aber es war keinesfalls ein leichter Friede. Die ehemaligen Kampfgebiete waren großflächig zerstört. Die Menschen in Russland litten Hunger. Auch die Bolschewiki, die neue Strukturen verordneten und ihre Gegner erbarmungslos ausschalteten, trugen zur großen Depression des Landes bei. Willi war sich sicher, dass in den nächsten Jahren keine Handelsbeziehungen mit dem großen östlichen Nachbarn entstehen würden.

Am 21. März begann die deutsche Frühjahrs-
offensive an der Westfront. Die leise aufge-
kommenen Hoffnungen in Deutschland auf
ein allgemeines Kriegsende, wurden zerstört.
Die Kämpfe entwickelten sich zu furchtbarem
Gemetzel. Deutsche Truppen errangen Teiler-
folge, weil die Engländer und Franzosen zunächst von ihrer Stärke überrascht waren. Sie
hatten schon das nahe Ende und den Untergang des Kaiserreiches eingeplant. Im Juli aber
leiteten die Verbündeten gemeinsam mit den
Amerikanern die Wende ein. Der Deutschen
Heeresleitung gelang es nicht mehr, den
Kriegsverlauf zu ihren Gunsten umzukehren.
Ein winzig erscheinendes Detail im Kriegsge-
schehen, wurde zur wichtigsten Hilfe. Zwischen der Heeresleitung und den Truppen in
den Kampfgebieten gab es einen regen Funk-
verkehr. Natürlich wurden die Geheimnach-
richten verschlüsselt, aber der französische
Offizier Capitaine Georges Painoin hatte es
noch im April geschafft, das Verschlüsse-
lungsverfahren * zu knacken.

(* Verschlüsselt wurde mittels Substitution,
das ist das Ersetzen von Zeichen durch andere, und Transposition, das ist ein Vertauschen
der Anordnung der Zahlen.)

Nun konnte die Gegenseite, über alle Befehle, Pläne und Truppenbewegungen informiert, die geeigneten Gegenmaßnahmen treffen. Das Scheitern der Frühjahresoffensive bedeutete unweigerlich auch die militärische Niederlage des Kaiserreiches. Am 11. November kam es endlich zum Waffenstillstand von Compiègne.

Noch im Dezember traf eine amerikanische Handelsdelegation in Sachsen ein. Es war im Dorf Trona ein besonderes Ereignis, als gleich fünf schwarze Automobile die Straße entlang fuhren und vor der Villa und dem angrenzenden großen Fabrikgebäude hielten. Aus jedem Auto stiegen zwei Männer, sorgsam gekleidet und mit Ledertaschen unter dem Arm. Sie wurden von Herrn Schreiter begrüßt und ins Haus geleitet. Aaron nahm am Treffen teil, so dass er ein paar Tage später seinem Freund Willi viel Neues berichten konnte.

Weihnachten stand kurz vor der Tür. Am Samstag, das war der 21. Dezember, war Willi wieder zu Hause angekommen. Wann immer es möglich war, saßen oder lagen das Liebespaar an ihrem Lieblingsplatz im Heu in der Scheune. Es gab viel zu erzählen. Inge berichtete ausführlich über das vergangene Jahr hier auf dem Hof. Es war ein sehr harmonisches Miteinander mit Willis Eltern. Aber auch Fritz und seine Lina fühlten sich hier sehr wohl. Der Hochzeittermin der beiden stand endlich fest, es sollte der Sonntag, der 23. März, sein.

Für Willi war das ein willkommener Anlass, auch über die eigene Hochzeit zu sprechen. Er hielt seine Inge im Arm und schilderte in schönen Bildern, wie wunderschön die gemeinsame Hochzeit sein würde. Vielleicht, so fragten sich die beiden, könne man ja auch im kommenden Jahr heiraten. Der Herbst wäre doch sicher eine gute Zeit. Dann flüsterte Willi seiner Inge seine Liebeserklärungen ins Ohr. Er sprach leise zu ihr von dem Wunsch, für sie zu sorgen und ihr das schönste Kleid zu kaufen. Sie würden, so war er sich sicher, das schönste Fest feiern, die Tische nicht nur geschmückt, sondern auch reich gedeckt mit Köstlichkeiten. Abwechselnd sprachen sie über Kuchen und Kaffee, ein besonders geschmückter Hochzeitskuchen, aber auch ein reichhaltiges Mittagsmahl. Eine kräftige Hühnersuppe würde von einem gut durchgegarten Lammbraten abgelöst. Natürlich würde es Wein auf der Tafel geben, aber nicht den sauren Apfelwein, den Ernst im Abstellraum des Wohnhauses im Regal liegen hatte. Nach dem schmackhaften Essen würde auch noch ein Pudding mit Erdbeerkompott und anderem Beerenobst das Mittagsmahl abrunden.

Während des Ausmalens der Hochzeitsfeier, hatten sich ihre Hände auf Wanderschaft begeben. Willis eine Hand lag um Inges Hüfte und berührte zärtlich die wohlgeformten und festen Brüste. Die andere Hand lag zwischen Inges Beinen. Immer wieder streichelte er über die Stelle, die ihm Lust und Befriedigung versprach. Inge hatte durch die Hose sein versteiftes Glied erfasst. Sie hielt es fest und flüsterte Willi zu: „Kannst Du noch warten?" Sie beugte sich nun über ihn, dabei verloren seine Hände ihre Ziele, die er so gerne liebkoste. Inge sah in Willis Augen ein Feuer, wie sie es noch nie gesehen hatte. Ohne noch weitere Worte zu verlieren, öffnete sie seine Hose und streifte sie nach unten. Er trug eine weiße Unterhose, die kaum seine Erregung verbergen konnte. Inge fasste von oben in das weiße Kleidungsstück und hielt ganz fest, was nun ohne Hülle erfassbar war. Mit ihrer anderen freien Hand hob sie ihren Kleiderrock bis weit über die Brüste, und schlüpfte aus ihrer Wäsche. Auch den langen Unterrock legte sie zur Seite, um dann sofort wieder das in die Hand zu nehmen, was ihr Freude versprach. Beide küssten sich innig und lange. Ihre Hände hatten nun noch viel mehr zu erkunden. Zärtlich und liebevoll näherten sie sich zu dem Akt, der sie beide in eine andere Welt entführte. Glücksgefühle durchrasten ihre Körper, und beschenkten sie in diesen so kostbaren Minuten. Lange blieben Inge und ihr Willi miteinander vereint liegen. Sie hörten nicht, dass Ernst, der Vater, sie zum Essen holen wollte. Als er sah, wie sich beide nackt im Arm hielten, stieg er leise die Leiter wieder hinunter. Im Haus sagte er nur: „Wir fangen mit Essen an. Unsere Kinder kommen später." Seine Anna sah ihm lange ins Gesicht und wusste, was geschehen war. Sie musste an ihre erste stürmische Liebe denken. Ganz tief in ihrem Herzen freute sie sich aber, dass diese wunderbare Vereinigung nie zwischen ihnen erloschen war. Auch Willi und Inge hatten ihr Geschick mit beiden Händen erfasst, und sie würden das Leben meistern, Glück und Segen erleben.

Noch ein Tag bis zum Heiligen Abend. Alle Vorbereitungen waren getroffen, die Köstlichkeiten für die Feiertage kochten noch, der Kuchen war im Kühlhaus auf großen Kuchenbrettern abgelegt.

Kurz vor dem Abendessen klopfte es an der Küchentür und Aaron kam in den Raum. Er begrüßte alle und setzte sich mit an den Tisch. Auch für ihn war es in Willis Elternhaus so, als würde er nach Hause kommen. Er gehörte ganz selbstverständlich mit zur Familie. Die Neuigkeit, die er brachte, ließ alle spontan verstummen. Aaron berichtete vom Besuch der Handelsleute aus Amerika. Sie hatten angeboten, zunächst in New York, dann aber auch in anderen Städten des großen Landes, Handelsvertretungen der Schreiterschen Werke aufzubauen. Es könnte ein funktionierendes Händlernetz geknüpft werden, und alle daran Beteiligten würden gutes Geld verdienen. Die Erzeugnisse hatten in Amerika überzeugt. Sie waren von einer gleichbleibend hohen Qualität. Auch die Fertigartikel, zu den Handschuhen war noch Frauenunterwäsche aus einer erst im letzten Jahr eröffneten Produktionsstätte gekommen, hatten die Herzen der Amerikanerinnen erobert. Aber für die Aufbauphase, das wäre vielleicht erst einmal ein halbes Jahr in New York, müssten deutsche Firmenvertreter vor Ort sein, natürlich ausgestattet mit weitreichenden Kompetenzen. Vater und Sohn Schreiter waren sich einig, dass das Aarons Aufgabe sein musste.

Zur Überraschung der ganzen Familie, die am Küchentisch saß, sagte Aaron: „Willi, wir haben beschlossen, dass du mit mir nach Amerika gehen sollst. Wir wissen deine gewissenhafte Arbeit zu schätzen. Du kennst dich mit Zahlen und Verträgen aus. Und du sprichst so gut englisch, dass wir beide in der Neuen Welt gute Arbeit machen werden. Bitte sag ja, und begleite mich. Wir werden für ein halbes Jahr bleiben, aber zur Getreideernte im August sind wir wieder zurück." Willi sah fassungslos seinem Freund ins Gesicht. Hatte er richtig gehört? Er würde Amerika sehen? Das Amerika, das er in dem Geschenk immer wieder bewundert hatte, welches ihm Aaron zum zwölften Geburtstag übergeben hatte? Er konnte es noch gar nicht glauben, aber dann sah er in Inges lachendes Gesicht. Sie umarmte ihn und rief: „Wie wunderschön! Du kannst nach Amerika mit Aaron. Das wird dir so viel Freude machen und du hast danach dann so viel zu erzählen. Wir werden dann gar keine Zeit haben, uns um unsere tägliche Arbeit zu kümmern, so spannend wird das sein." „Ja aber Inge", wollte Willi seine schöne Braut unterbrechen. Aber die wischte mit einer Handbewegung seine Wort weg und sagte fröhlich: „Und dann wird geheiratet. Dann, mein liebster Schatz, werde ich deine Frau." Anna legte ihren Arm um Inge, zog sie an sich und gab ihr einen Kuss auf die Wange. „Ja Kinder, dann wird geheiratet. Wir werden die schönste Hochzeit im Dorf haben. Oh, entschuldige Aaron, aber natürlich war deine Hochzeit die Schönste." „Ist schon richtig, dass Willis Hochzeit noch viel schöner wird. Ihr werdet doch euren Beiden das Beste geben. Vielleicht entdecken wir in Amerika noch einiges, was gut zu dem großen Fest passt."

Lange saßen sie noch am Tisch. Den Bildband hatte Willi aus seinem Zimmer geholt, und er lag nun in der Mitte. Alle bestaunten zum wiederholten Male die Fotos. Die hohen Häuser, aber auch die vielen Automobile auf den abgebildeten Straßen begeisterten sie.

Aaron war inzwischen gegangen, seine Frau erwartete ihn.

Als sich alle anschickten, in die Schlafkammern zu gehen, hielt Ernst seinen Willi und Inge an den Schultern fest. „Willi, am besten, du gehst mit zu Inge nach oben. Dann haben wir keine Sorgen, ab morgen Lina hier schlafen zu lassen. Sie könnte es sich dann mit ihrem Fritz in deiner Kammer einrichten." Die Mutter nickte den jungen Leuten zu und sagte:

„Geht ruhig, ich habe schon dein Kissen und das Federbett nach oben gebracht. Es wird in den Nächten etwas enger sein, aber ihr seid doch noch jung und könnt zusammenrücken."

Am Spätnachmittag des Heiligen Abends kam Lina aus Berna. Sie hatte einen Tragekorb auf dem Rücken, den sie laut aufatmend in der Küche absetzte. Es waren Kleidungsstücke und Schuhe, aber auch viele Sachen aus ihrer Aussteuer. Es stand zwar noch eine große Truhe in Berna, aber die sollte dann irgendwann im Januar geholt werden. Lina grüßte noch von allen Bekannten aus dem Nachbardorf, bevor es ein Weihnachtsessen gab. Es wurde erzählt und gelacht, und Anna stimmte zwischendurch immer wieder ein Weihnachtslied an. Dann war es so weit, gemeinsam zur Christmette zu gehen. Drei Pärchen, sich fest an den Händen haltend, gingen zur nahen Dorfkirche. Alle waren gespannt, denn eine Neuanschaffung sollte das erst mal gezeigt werden.

In der Kirche stand eine neue Figur auf dem Altar. Alle hatten gesammelt und gespart, und ließen sich auch von der kargen Kriegszeit nicht entmutigen. Es war ein Bornkinnel, eine stehende Christkindfigur mit segnend erhobener rechter Hand, den Reichsapfel mit Kreuz in der Linken haltend. Es sah, angetan mit einem weißen Spitzenkleid und einem roten Mäntelchen, besonders schön aus. Der Pfarrer hatte sich zwar immer gegen den Kauf einer solchen Figur gestemmt, weil er das als zu „erzkatholisch" einschätzte. "Wir hier in Sachsen sind gute Lutheraner" hatte er viele Male von der Kanzel herab gerufen. Aber alle Gemeindeglieder waren sich in dieser Sache einig. So musste er sich eben doch dem Willen seiner Gemeinde beugen.

Der Weihnachtsgottesdienst war in diesem Jahr ganz auf das Kriegsende ausgerichtet. In den Gebeten wurde der Dank ausgedrückt, dass Gott die Dörfler bewahrt hatte. Aber auch der Gefallenen und ihrer Familien gedachten die Gottesdienstbesucher. Mit dem gemeinsam gesungenen „Stille Nacht, heilige Nacht" endete der gut besuchte Gottesdienst. Dann gingen alle in ihre Häuser, um noch gemeinsam zusammenzusitzen.

Willi fühlte, immer wenn er mit Inge zusammen war, die Zeit würde besonders schnell vergehen. Verstohlen schaute er auf die Taschenuhr, die sie ihm geschenkt hatte. Willi war von der Kostbarkeit des Geschenkes überwältigt. Für Inge hatte er ein paar schwarze Lederschuhe gekauft, die über dem Fußrücken mit einer Lasche gehalten wurden. Das Besondere war der Druckknopf, der als fester Verschluss diente. Dieses kleine Ding hatte die ganze Bekleidungsindustrie erobert, und natürlich auch um die Schuhmode keinen Bogen gemacht. Sein Geschenk hatte Willi in ein neues Schultertuch gewickelt, was sich Inge auch sofort umgelegt hatte.

Aber nun war es Zeit, in die Betten zu gehen. Als Willi so eng neben seiner Inge lag, und seine Hände ihr Spiel begannen, sagte sie: „Du Willi, heute sollten wir das nicht machen. Ich könnte jetzt vielleicht schwanger werden. Und ich wünsch mir doch unser Kind, wenn wir verheiratet sind. Außerdem bist du bald in Amerika, und könntest gar nicht erleben, wie mein Bauch dicker und dicker wird." „Aber ja, meine Liebste" sagte er nur, nahm sie fest in die Arme und war bald eingeschlafen. Inge lag noch länger wach. Sie war glücklich, dass ihr Willi sie verstand und achtsam mit ihr umging. Eine große Sicherheit und tiefe Liebesgefühle durchströmten ihre Seele, bevor sie dann endlich einschlief.

Nach dem Waffenstillstand begannen im Januar in Paris die Friedensverhandlungen der Triple Entente und ihrer Verbündeten. Im Mai lag das Dokument bereit, und dann erst wurde Deutschland über den Inhalt in Kenntnis gesetzt. Der Vertrag konstatierte die alleinige Verantwortung des Deutschen Reiches und seiner Verbündeten für den Krieg. Deshalb gab es Forderungen an Gebietsabtretungen, Reparationszahlungen an die Sieger und eine umfassende Abrüstung. Der deutsche Protest wurde nicht angenommen, und nach viel Druck und der Drohung, in Deutschland einzumarschieren, am 28. Juni unterzeichnet. Im großen Saal des Schlosses Versailles hatten sich die Bevollmächtigten aus 28 Ländern versammelt. Für Deutschlands unterzeichneten der Außenminister Hermann Müller und der Verkehrsminister Johannes Bell.

Die Abreise nach Amerika verzögerte sich länger, als gedacht und geplant war. Die englische Seeblockade machte eine Fahrt von Bremen nach Southampton zunächst unmöglich. Von dort wollten Aaron und Willi auf einem Linienschiff die Reise nach New York antreten. Die Reisepläne wurden neu durchdacht und abgeändert.

Es waren wichtige Geschäftspartner aus Holland, die zwei Schiffspassagen der Holland-America Line kauften. Nun ging es eben von Rotterdam über Plymouth nach New York. Sie würden sieben oder acht Tage unterwegs sein. Willi Vorfreude auf die bald beginnende Reise wuchs von Tag zu Tag. Er bedauerte nur, dass er nicht an der Hochzeit von Fritz und Lina am 23. März teilnehmen konnte. Es würde sicher ein schönes Fest sein, wenn sich die Familien und Freunde in Berna trafen.

Alles war gut vorbereitet, die Transportkisten mit den Warenmustern auf zwei Lastkraftwagen verstaut. Es waren Transportfahrzeuge aus der Braunschweiger Heinrich Büssing Fabrik, in die nun auch Aaron und Willi zur Fahrt nach Rotterdam einstiegen. Der Abschied von den Liebsten fiel beiden schwer, aber sie vertrauten darauf, in etwa einem halben Jahr alle wieder in die Arme schließen zu können. Die Fahrt führte quer durch Deutschland. Die knapp 800 Kilometer waren an einem Tag nicht zu schaffen, und so sollte in Göttingen übernachtet werden, um dann am nächsten Tag in Rotterdam einzutreffen.

Es war ein kleines Landgasthaus, in dem sie die Nacht verbringen würden. Die voll beladenen Lastwagen standen hintereinander in einer Scheune, die mit großen Vorhängeschlössern gesichert war. Nach dem Abendessen zu viert, Aaron hatte die zwei Fahrer dazu eingeladen, saßen die Freunde noch zusammen. Willi war in einer noch nie gekannten Stimmung. Es war seine erste große Reise, die ihn zunächst hier in dieses Gasthaus führte. Morgen kämen dann ungeahnte neue Eindrücke auf ihn zu. Er konnte sich nicht wirklich vorstellen, wie der Rotterdamer Hafen und dann auch der Passagierdampfer aussehen würden. Trotz großer Müdigkeit ließ der Schlaf lange auf sich warten. Zu vieles ging ihm durch den Kopf. Immer wieder musste er auch an seine Inge denken. Es war ihm weh im Herzen, und die Sehnsucht nahm ihn immer mehr gefangen. Sogar die Möglichkeit, morgen umzukehren und zurück zu fahren, spielte er in Gedanken durch. Dann aber siegte sein Pflichtgefühl. Er wurde in New York gebraucht, und er würde sein Bestes an der Seite seines Freundes geben.

Am nächsten Morgen war es grau und trübe. Aaron und Willi fühlten sich trotz der kurzen Nacht frisch und voller Tatendrang.

Das Frühstück, auch dazu hatten sie die beiden Fahrer wieder an ihren Tisch gebeten, war erstaunlich reichhaltig. Die beiden Kraftfahrer hatten auf den Sitzbänken ihres Lastwagens geschlafen, und noch vor dem Frühstück alles für die Weiterfahrt gerichtet.

Bei der Abfahrt sah sich Willi noch einmal um. Er sandte einen stummen Gruß an seine Inge, deutete einen Kuss an und schloss seine Augen. Mochte der Fahrer vielleicht denken, Willi sei noch zu müde. Mit seinen Gedanken war er zu Hause. Dann bete er und bat um Gottes Schutz für seine Familie, aber auch für die bevorstehende Reise.

Es war schon dunkel, als die zwei Fahrzeuge mit ihrer wichtigen Fracht in Rotterdam ankamen. Willi wusste nicht, wohin er sehen sollte. Er wollte so viel Eindrücke und Bilder von dieser Großstadt aufnehmen, die nach Amsterdam ja die zweitgrößte Stadt des Landes war.

Das Hafengelände hatte Ausmaße, die die vier Männer staunen ließen. Ein neu gebautes Hafenbecken war kurz vor der Vollendung, es war der neue Waalhaven für Kohle, Erz und Getreide. Ihr Ziel war aber der Maashaven. Dann endlich fuhren sie den Kai entlang und hielten vor einem Passagierdampfer. Aus den Lastkraftwagen ausgestiegen, mussten sie die Köpfe in die Nacken legen, um überhaupt die Höhe des Schiffes sehen zu können. Willi war beeindruckt, vor allem als er in seinen Überlegungen das kleine Elternhaus daneben setzte. Es war die „D.D.Rotterdam", die majestätisch vor ihnen lag. Morgen würde es dann an Bord gehen, und wer weiß, was dann alles noch auf ihn einstürmen würde. Während sich die beiden Lastwagenfahrer um die Verladung der Kisten und Gepäckstücke kümmerten, gingen er und Aaron zu einer Seemannspension, die direkt neben den großen Toren der Hafeneinfahrt war. Dort hatten sie telegrafisch ihre Übernachtung angemeldet. Spät am Abend kamen noch beide Fahrer, um sich zu verabschieden. Die Verladung hatte keine Probleme bereitet, denn es gab genügend Schauermänner im Hafen, die froh über jeden Auftrag waren und schnell und achtsam arbeiteten. Von den Fahrern wurden sie im Anschluss noch entlohnt. Aaron nahm die Frachtpapiere entgegen, und als ihm der Restbetrag des Geldes auf den Tisch gelegt wurde, sah er nur kurz darauf. Es war eine noch immer größere Summe, die er in Richtung der beiden Fahrer schob. „Nehmen sie das zurück. Wir danken ihnen für alles. Kommen sie gut wieder nach Hause und nehmen sie Grüße mit."

Die Verabschiedung war herzlich, aber dann drängten die beiden Kraftfahrer zur Abfahrt. Sie wollten mit ihren Lastwagen so schnell wie möglich Rotterdam hinter sich lassen, um dann die Nacht vor der Stadt zu verbringen.

Es war eine unruhige Nacht, und Willi und Aaron waren froh, endlich zum Hafen aufbrechen zu können. Eine lautstarke Rauferei mit Geschrei und Getöse, splitterndem Holz und holländischen Rufen nach der Polizei ließ sie kaum schlafen. Aber nun standen sie vor dem Riesenschiff, sahen hinauf zur Reeling und gingen die Gangway, die Zugangstreppe zum Besteigen des Schiffes, hinauf. Oben angekommen empfing sie ein Schiffsoffizier. Er hob die flach ausgestreckte Hand an den Mützenschirm, bevor er den Beiden die Hand gab und um die Reisepapiere bat. Dann nannte er die Kabinennummer und erteilte kurz darauf einem Matrosen den Auftrag, sie dort hin zu begleiten. Der wollte die Taschen von Aaron und Willi abnehmen, um sie vorauszutragen, aber beide hielten ihre Griffe fest umklammert. Immer wieder sahen sie sich auf Deck

um. Dann wurden sie in den Schiffsbauch begleitet, um noch über Treppen und teppichbe-
deckte Böden weiter nach oben zu gelangen.
Vor einer Tür recht weit vorn im Schiff, machte der Matrose halt. Er öffnete sie, ging in die
Schiffskabine und hielt den beiden jungen
Männern die Tür auf. Sie traten ein und standen in einem Salon, ausgestattet mit vier Sessel und einem Tisch, auf dem eine großer
Obstkorb stand. Ein Schreibtisch und ein ge-
mütliches Sofa komplettierten den Raum.
Gegenüber der Eingangstür konnte man durch
zwei runde Fenster auf das Hafenbecken
sehen. Links und rechts stand eine Tür offen
und gab den Blick frei in die Schlafräume der
beiden überraschten Passagiere. So hatten sich
beide das nicht vorstellen können, die gedie-
gen schöne Möblierung und die Größe der
Räumlichkeiten. Auch in den Schlafzimmern
gab es jeweils ein großes rundes Fenster. Willi
stand lange davor, und mit Tränen in den
Augen sah er aus einer ihm unbekannten
Höhe auf das weit unten glitzernde Wasser.
Das würde also für die nächsten Tage sein Zuhause sein. Aber von hier aus gab es noch eine
Tür. Als er hindurchging stand er in einem
Badezimmer mit einer Toilette, die nichts

mehr mit den ihm bekannten Trockenklos in seiner Heimat zu tun hatte.

Aaron klopfte an Willis offene Tür und wartete, bis der sich ihm zuwandte. Er sah in den Augen seines Freundes die Gefühlvielfalt, die ihn bewegte, Freude und Staunen, Dankbarkeit und Glück, aber auch Unsicherheit. Was würden sie alles auf dem Ozean erleben? Vor allem aber: Was erwartete sie am Ende der Reise?

Aaron bat Willi, mit ihm einen ersten Erkundungsgang zu unternehmen. Es ging über Treppen und Flure, die mit Bildern geschmückt waren. Sie gingen durch Türen und standen in einem großen Salon mit runden Tischen in unterschiedlicher Größe und Bestuhlung. Von dort gingen sie wieder in einen Treppenaufgang, stiegen die Stufen hinauf und traten aus einer Tür, hinaus auf das oberste Deck. Das Vorschiff lag vor ihnen, und sie sahen lange dem munteren Treiben auf dem einsehbaren Deck unter ihnen zu. Als sie sich umwandten, um das Promenadendeck entlang zu schauen, fiel ihr Blick auf die zwei mächtigen Schornsteine, die dicken Rauch ausstießen. Aaron legte seine Hand auf Willis

Schulte. Es ging los, ein Aufbruch in eine fremde Welt.

Die erste Nacht auf See war ruhig und erholsam. Aaron hatte das Frühstück in den Salon bringen lassen. Er saß schon mit der Bordzeitung in der Hand am Tisch und trank Kaffee. Gemeinsam begannen sie dann ihr Frühstück, dabei schon eifrig über den neuen Tag sprechend. Beide waren sich sicher, dass es eine gute Gelegenheit wäre, die Strapazen der Anreise abzuschütteln. Sie wollten das große Schiff erkunden und einen Überblick gewinnen, natürlich auch, um sich in den scheinbar endlosen Fluren und Treppenhäusern zurechtzufinden. Aaron war nach dem Frühstück noch einmal in seinem Bereich verschwunden. Er wollte einen Kurzbericht über die letzten Tage aufschreiben, um dann nach der Rückkehr seiner Frau und der ganzen Familie berichten zu können. Willi las interessiert die Zeitung, die Aaron vor ihm in den Händen hatte. Eine gute Stunde später starteten dann beide zu ihrer Entdeckertour. Als Reisende der ersten Klasse war es einfach, einen Begleiter zu bekommen, der die nötigen Informationen gleich mit lieferte.

Es war ein junger Schiffsoffizier, der gern bereit war, alle Fragen zu beantworten. Man spürte seinen Stolz über seinen Arbeitsplatz, und darüber, dass er mit dazu gehörte. Vielleicht lassen wir ihn selbst zu Wort kommen?

Willem, so hatte er sich namentlich vorgestellt erklärte: Die Rotterdam wurde 1908 fertig gestellt und war das komfortabelste Schiff der Reederei. Der große Auswandereransturm im letzten Jahrhundert war deutlich zurückgegangen. Natürlich hatten auch Krieg und Seeblockaden zugesetzt. Aber es gab immer mehr Anfragen von Amerikanern, die in den Kriegsjahren zu deutlichem Reichtum gekommen waren und sich die recht teuren Passagen für die Hin- und Rückfahrt leisten konnten. Das Schiff hatte eine Länge von 650 Fuß, also rund 200 Meter, bei einer Breite von 77 Fuß, also einer Breite von etwa 23 Metern. Es fuhr unter Volllast etwas mehr als 16 Knoten. Der junge Offizier erklärte die Bedeutung dieses Begriffes und übertrug es auf eine Geschwindigkeit, die natürlich Willi und Aaron bekannt waren. Die Reisegeschwindigkeit betrug rund 28 Kilometer pro Stunde. Dann wurden sie in den Maschinenraum geführt, aber die jungen Männer zeigten kein so großes technisches Interesse. Unten, tief im Bauch des Schiffes gab es Kabinen der 3. Klasse. Dort waren keine Teppiche verlegt, auch das Platzangebot war bescheiden. Auf Aarons Nachfrage erklärte Willem, dass es 2124 Kojen in der dritten Klasse gäbe, die Zweite verfüge über 550 Einzel- oder Doppelkabinen und die erste Klasse 530 mit vielen Annehmlichkeiten, die das Reisen zu einem besonderen Vergnügen machte. Während in der niedrigsten Kategorie noch viele Plätze frei wären, sei das übrige Schiff ausgebucht. Während der Erklärungen waren sie wieder auf das Hauptdeck gelangt. Von hier aus gab es sogar Fahrstühle nach oben. Der Erster-Klasse-Reisende konnte also, wenn er das Schiff betreten hatte, auch mit einem Fahrstuhl sein Deck erreichen, um zu seiner Kabine oder Suite zu gehen. Dann betraten sie einen großen Festsaal mit Platz für 500 Gäste und einer Orchesterbühne. Drei Rauchersalons boten Ruhe und Entspannung bei einem Glas Portwein oder auch einem Buch. Die Bibliothek war gut bestückt, und Aaron machte seinen Freund Willi auf das neueste Werk von Sara Teasdale aufmerksam, für das sie im letzten Jahr den Pulitzer Preis verliehen bekam. Es war der Gedichtband „Love Songs" voller Emotionalität und Romantik. Sie schrieb über Liebe, Natur und Tod. Willi nahm dieses Buch mit, um am Abend in seinem Bett noch darin zu blättern und zu lesen. Auf dem Promenadendeck verabschiedeten sie sich von Willem. Sie dankten ihm für seine Mühe, durch ihn hatten sie das Schiff kennen gelernt, und Daten und Fakten erfahren. Als sie wieder in ihrem Bereich ankamen, waren sich beide einig, im Bett auszuruhen, die Füße hoch gelegt, und noch etwas zu entspannen. Den Abend verbrachten sie anschließend im Veranda Cafe. Sie aßen eine Kleinigkeit und ließen sich zwei Gläser Sekt bringen.

Eigentlich hatten sich Aaron und Willi vorgenommen, bald in ihre Betten zu gehen und den Tag in Ruhe ausklingen zu lassen, aber ein korrekt gekleideter älterer Herr sprach sie an. Er deutete eine Verbeugung an und fragte, ob er sich kurz setzen könne. Sich selbst stellte er in einwandfreiem englisch als Mister Karpow vor. Er erklärte, er sei auf sie aufmerksam geworden, als sie in Begleitung des jungen Offiziers das Schiff besichtigten. Nun vermutete er in den Beiden zwei Geschäftsleute, die nach New York fuhren, um vielleicht neue Verbindungen zu knüpfen. Auch sei ihm aufgefallen, dass sie das gleiche Deck bewohnten. Herr Karpow bat um Erlaubnis, für alle noch ein

Glas Champagner zu bestellen. Während Aaron und Willi noch sehr wenig mitteilsam waren, sprach er ein wenig über sich. Er wurde in Russland geboren und wuchs in St. Petersburg auf. Seine Eltern waren auf internationalen Märkten immer auf der Suche nach dem Besonderen. Sie belieferten die russische Aristokratie mit Unikaten, die es nie wieder geben würde. Es war gleich, ob es sich um Möbel, Kleidung oder Dekorationsartikel handelte. Der Zarenfamilie hatten sie die berühmten Fabergé-Eier besorgt. Nun war er auf der Reise nach Amerika, um den bekannten Verleger Malcom Forbes zu treffen der die größte Sammlung dieser Kostbarkeiten besaß. In seinem Besitz befanden sich 15 Stück. Es war zwar eher unwahrscheinlich, vielleicht eines der begehrten Objekte zu erwerben, aber einen Versuch war es wert. Zudem hoffte er, wenigstens diese Originale zu sehen. Herr Karpow erzählte freimutig von den katastrophalen Zuständen in seiner Heimat. Er hatte sich deshalb in Paris eine Stadtvilla an der Seine gekauft. Und nun war er eben auf der Reise nach Amerika, immer auch der Suche nach dem Besonderen. Aaron berichtete in aller Kürze, weshalb sie nach New York unterwegs wären. Er sprach über die Produkte, die in den heimi-

schen Fabriken entstanden. Nach dem Kurzbericht schwiegen alle eine geraume Zeit. Herr
Karpow sah den beiden Männern offenherzig
ins Gesicht. Dann sagte er: „Sie gehen in keine
gute Zeit. Amerika wird in den nächsten Jahren große wirtschaftliche Schwierigkeiten haben. Die riesengroße Nachfrage aus aller Welt
nach allen möglichen Gütern wird abbrechen.
Dann werden die Amerikaner mit vielen Plei-
ten zu kämpfen haben. Ob sie wirklich jetzt
eine Geschäftsbeziehung aufbauen können,
wird sich noch zeigen. Sie können aber, wenn
die Zeit dafür reif ist, mit mir Kontakt aufnehmen. Ich bin immer an soliden und vor
allem ehrlichen Geschäftsbeziehungen interessiert. Hier ist meine Adresse, und alles, was sie
brauchen, um mich zu kontaktieren. Vielleicht
kommen wir noch zusammen? Ihnen aber
wünsche ich wirklich alles Gute und Gelingen
für das, was noch vor ihnen steht. Danke für
das Gespräch, und leben sie wohl." Damit
stand Herr Karpow auf und wandte sich zum
Gehen. Als er den Raum verließ, drehte er sich
noch einmal um und winkte ihnen zu.

Die Schiffsreise bot nicht nur Luxus, sondern auch manche Abwechslung. Eine Frei-
zeitbeschäftigung war so gar nicht nach den

Wünschen und dem Geschmack von Willi und Aaron. Es gab täglich einen Wettbewerb im Tontauben schießen. Aber diesen Sport mochten sie beide nicht sonderlich. Von einer Abschussanlage wurden Tonscheiben in die Höhe geschleudert, die dann möglichst mit dem einen zur Verfügung stehenden Schuss aus einem Gewehr getroffen werden sollten. Auch wenn das Trapschießen seit 1900 olympische Disziplin war, begnügten sich Aaron und Willi mit dem Zusehen. Am Schießstand trafen sie aber wieder auf Herrn Karpow, der sich sichtlich freute, die beiden Freunde wieder zu sehen. Er lud sie auf einen Drink an die Bar im Palm Court ein. Es war ein lockeres Zusammensein, ohne irgendwelche Versuche, geschäftliche Dinge zu besprechen.

Den Nachmittag verbrachten Willi und Aaron auf dem Promenadendeck. Sie hatten zwei Liegestühle etwas abseits von den anderen gestellt und sich darauf niedergelassen. Kurz darauf reichte ihnen ein Matrose je eine Decke und ein weiches Kissen. Angeregt sprachen sie zuerst von den zu erwarteten Aufgaben in New York. Auch Karpows Befürchtung wurde ausführlich diskutiert. Sollte es für Amerika vielleicht doch bald eine Wirtschaftskrise geben? Aaron hielt das für durchaus möglich, aber Willi war überzeugt, dass dieses große Land eine eventuelle Wirtschaftsflaute gut überstehen würde.

Bald schon sprachen sie nur noch über die letzten Wochen zu Hause. Gegenseitig erzählten sie sich von ihren Frauen und den Familien. Beide waren glücklich mit dem Verlauf ihres noch jungen Lebens. Als Willi von den Bauabsichten für das Elternhaus sprach, war sein Freund besonders aufmerksam. Er wollte möglichst genau wissen, was denn bisher schon an konkreten Plänen vorhanden war. Heftig nickend bekräftigte er die Absicht, möglichst viel selbst zu machen. Aaron war sich sicher, dass gemeinsam dieses Vorhaben gut beendet werden könnte. Aber eine wichtige Sache gab es zu bedenken. Es war aus seiner Sicht dringen nötig, einen Fachmann zu befragen, der die Statik überprüfen konnte. Auch ein genau geplanter Materialeinsatz musste vor Baubeginn erarbeitet werden. Abschließend verwies Aaron auf einen Fachmann, der für die Schreiters die Villa und mehrere Firmengebäude entworfen und gebaut hatte. Die beiden Freunde waren sich einig, ihn um Rat und Hilfe zu bitten.

Die Tage auf der Fahrt nach Amerika vergingen wie im Fluge. Es gab immer wieder interessante Begegnungen. Von einem Ehepaar, die auf der Rückreise von Europa waren, hatte Aaron Adressen von Geschäftsleuten bekommen. Vielleicht könnten sich auch da neue Kontakte anbahnen.

Aber nun war New York nicht mehr weit entfernt. Es war Samstag, der 22. Februar, und in drei Stunden würde das Schiff im Hafen anlegen. Aaron und Willi hatten gepackt und alles bereitgestellt. Um ihr Gepäck und die mitgebrachten Waren mussten sie sich nicht kümmern. So konnten sie die Einfahrt in den New York Harbor auf dem Promenadendeck verfolgen. Der Hafen, an der Mündung des Hudsons in den Atlantik, galt als schwer zu befahren. Bei Nebel oder Sturmfluten bestand die Gefahr, gegen Untiefen gedrückt zu werden. Aber jetzt war das Wetter besonders schön. Ein strahlend blauer Himmel, dazu ein leichter Wind und Sonnenschein begrüßten die ankommende „Rotterdam". Die Fahrt ging vorbei an Manhattan, Ellis und Liberty Island mit der Freiheitsstatue. Willi konnte sich an diesem Panorama nicht satt sehen. Aaron stand neben ihm und zeigte auf die große, 46 Meter hohe, Figur. „Es ist die Libertas, die römische Göttin der Freiheit. Mit der rechten Hand hält sie eine Fackel hoch erhoben. In der linken Hand hält sie eine Tabula Ansata, eine Inschriftentafel. Darauf steht das Datum der Unabhängigkeitserklärung, der 4. Juli 1776."

Am vorgegebenen Ankerplatz wurde das große Schiff vertäut. Eine große Menschenansammlung hatte sich eingefunden, die winkten, irgendetwas riefen und gestikulierte. Zu verstehen war es nicht, so brodelte um Willi und Aaron nur ein Stimmengewirr, begleitet vom Hupen der vielen Autos, die in einer langen Reihe hintereinander standen. Endlich war es soweit, und die vielen Passagiere konnten das Schiff verlassen. Aaron und Willi gingen zurück in ihre Suite und warteten dort. Sie würden abgeholt, hatte ihnen ein Stewart gesagt. Es dauerte auch nicht lange, bis es an der Tür klopfte. Ein Mann, in mittlerem Alter, mit leicht ergrautem Kopfhaar und mit einem Backenbart, betrat die Kabine. Er begrüßte Aaron und Willi. Dann gab er Anweisungen, hinaus auf den Flur. Drei Männer kümmerten sich nun um das Gepäck der beiden Deutschen. Auch für die Fracht wurde gesorgt, nach dem Aaron die erforderlichen Papiere übergeben hatte. Dann gingen sie von Bord und bestiegen ein Automobil.

Die Fahrt aus dem Hafengelände heraus und in diese quirlige Stadt hinein faszinierte Willi. Er konnte nicht begreifen, dass es in diesem Chaos, so empfand er das, keine Unfälle gab. Die Fahrt ging quer durch Brooklyn. In Downtown Brooklyn hielt der Wagen kurz, um den beiden Deutschen das Geschäftshaus zu zeigen, in denen in zwei Tagen wichtige Gespräche und möglichst auch Geschäftsverhandlungen stattfinden sollten. Aber natürlich würden sie dafür im Hotel abgeholt.

Die weitere Fahrt führte über die Broklyn Bridge. „Die längste Hängebrücke der Welt", erklärte der Fahrer mit Stolz in der Stimme. Am anderen Ufer des East River empfing sie ein Panorama, was so noch nicht einmal in Willis Bildband abgebildet war. Manhattan, der New Yorker Stadtteil mit dem Broadway und dem Central Park veränderte sein Aussehen nahezu von Monat zu Monat. In der Nähe der Chambers Street, mitten in einem Viertel mit deutschstämmigen Amerikanern, stand für die nächsten Monate ein Büro zur Verfügung. Das Hotel ganz in seiner Nähe, in dem die Zimmer für Aaron und Willi gebucht waren, war gut zu Fuß zu erreichen. Der Begleiter, der sie vom Schiff abgeholt hatte, verabschiedete sich und wünschte eine erholsame erste Nacht in der Riesenstadt.

Nein, es war keine erholsame Nacht. Darüber waren sich die beiden Männer beim gemeinsamen Frühstück schnell einig. Die Geräusche der fremden Großstadt, der nie endende Straßenverkehr, alles das, vermischt mit anderen Eindrücken, Wünschen und Hoffnungen, ließ sie nicht zur Ruhe kommen. Wie gut, dass vor dem Arbeitsbeginn hier in New York noch ein freier Tag lag. Sie konnten also für heute ihr eigenes Programm gestalten. Nach dem Frühstück ging es hinaus auf die Straße. Eben noch war es vermeintlich ruhig im Hotel, und nun umgab sie ein wahres Getümmel. Rufe nach Taxi, Flüche von eiligen Passanten, die andere anrempelten, lautes Hupen der unterschiedlichsten Fahrzeuge. Willi staunte sehr, als sein Blick auf einen Reiter fiel. Nein, es waren sogar zwei, die hoch zu Ross mitten im hektischen Hin und Her saßen. Zwei Polizisten auf Pferden – was es hier mitten in der Großstadt alles gab! Sich immer wieder orientierend, gingen Aaron und Willi durch die Straßen. Sie mussten sicher stellen, auch wieder in das Hotel zurück zu finden. Die Auslagen in den Schaufenstern der

Geschäfte waren reich dekoriert. An jeder Ecke gab es neues zu sehen, und wenn man ein paar Schritte in kleine Querstraßen ging, verlor sich sehr schnell das Gefühl, im Trubel ersticken zu müssen. Willi war es recht, dass sie eine solche Querverbindung genommen hatten. In seinem Kopf schwirrten die Geräusche und Eindrücke. Plötzlich war eine sehr junge Frau neben ihm und nahm seinen Arm. Willi hatte gar nicht bemerkt, wie sie näher gekommen war. Mit eindringlichen Worten redete sie auf ihn ein. Er hatte schnell verstanden, dass sie ihm Liebesdienste erweisen wolle. Sie beteuerte, genug Erfahrungen zu haben, um ihm ein unvergessliches Erlebnis zu bescheren. In Deutsch lehnte er dieses Angebot ab. Er hoffte, sie würde sich einem Anderen zuwenden. Aber da hatte er ihre Beharrlichkeit unterschätzt. Wortreich, unterstützt von Gesten und Hinweisen redete sie nun auf ihn ein. Sie schien zu hoffen, dass sie mit ihm ein leichteres Spiel hätte, als mit den New Yorkern, denen sie sonst begegnete. Von ihm versprach sie sich auch mehr Geld für ihre Liebesdienste. Innerhalb kurzer Zeit hatte das Mädchen ihre Bluse aufgeknöpft und präsentierte Willi die rechte Brust. Mit einer Hand griff sie nun an den Rocksaum und fragte, ob

Willi noch mehr sehen möchte. Aaron hatte alles angewidert mit angesehen. Er streckte seine rechte Hand aus, ohne sie zu berühren und sagte mit eisiger Stimme: „Verschwinden sie, sonst rufe ich die Polizei von der Straßenecke da vorn. Die sind mit ihren Pferden schnell zur Stelle" Mit schnellen Schritten gingen die Männer wieder zur Hauptstraße zurück.

Es dauerte noch eine geraume Zeit, bis sie endlich wieder im Hotel saßen. Es war schon anstrengend, alle die Eindrücke aufzunehmen. Es gab Geräusche, die sie zusammenzucken ließen. Auch fremde Gerüche erreichten ihre Nasen. Das Stimmengewirr bestand nicht nur aus englischen Sätzen, sondern auch spanisch und deutsch, holländisch und russisch und sicher noch anderen Sprachen wurde gesprochen. Ziemlich schnell wünschten sie sich eine gute Nacht und gingen in ihre Zimmer. Willi wusste, hier und so, in ständiger Eile, könnte er nie leben. Seine Welt im kleinen sächsischen Dorf würde er für nichts auf der Welt hergeben.

Die Verhandlungen begannen zehn Uhr Ortszeit. Willi hatte es auf der Überfahrt nie versäumt, seine Taschenuhr immer der Zeitzone anzupassen und zu stellen. Die beiden Deutschen wurden rechtzeitig vom Hotel abgeholt und zum Konferenztreffpunkt gebracht. Es war sogar noch Zeit, um auch privat über einiges zu sprechen. Mister Bauer, ein deutschstämmiger US-Amerikaner, er hatte sie auf dem Schiff abgeholt, erklärte noch, wie verrückt die New Yorker manchmal ihr Leben gestalteten. Es gab kaum irgendwelche Tabus, und so fühlte sich jeder frei, nach Lust und Laune zu leben. Das, was der Alte Fritz in Preußen propagiert hatte, jeder solle nach seiner Facon selig werden, wurde in dieser Riesenstadt im Alltag umgesetzt.

Dann kamen einige Herren in den Konferenzsaal. Als alle Eingeladenen anwesend waren, hatten sich mit Aaron und Willi insgesamt achtundzwanzig Männer eingefunden. Einer der Herren eröffnete die Gesprächsrunde. Er betonte, zunächst ginge es nicht um Verträge oder verbindliche Absprachen. Jetzt sollte erst einmal sondiert werden, welche Möglichkeiten der Zusammenarbeit sinnvoll wären. Ein andere stand auf und beleuchtete die politische Situation im Land, die enorme wirtschaftliche Auswirkungen hatte. Dann sprach ein anderer von den bestehenden Hindernissen für einen freien Handel. Die USA forderten den freien Zugang auf alle, also auch die europäischen, Märkte. Selbst blockierten sie aber mit Handelszöllen den Import. So kurz nach dem Krieg konnten die inländischen Unternehmen immer noch die überhöhten Kriegspreise verlangen. Aber, und da waren sich alle Amerikaner sicher, diese aufgeblähten Preise würden bald zusammenschrumpfen. Es wurde vorsichtig sondiert, welche Marktchancen die deutschen Produkte hätten. Über die Qualität gab es keine unterschiedlichen Auffassungen, und so waren schließlich drei Handelsketten und zwei weiterverarbeitende Firmen für die Stoffe aus Deutschland bereit, engere Geschäftsbeziehungen zu knüpfen. Es gab noch eine große Zahl Geschäftstreffen. Aaron und Willi hatten noch viele Gelegenheiten, für die deutschen Schreiter-Firmen zu werben.

Ein Tag wurde zu einem unvergesslichen Erlebnis. Die beiden waren zu einem Essen eingeladen, das zu einer recht ungewöhnlichen Zeit für ein Geschäftsessen begann. An einem Spätvormittag holte sie ein Automobil vom Hotel ab. Dann ging die Fahrt nach Staten Island, einer Insel südwestlich von Manhattan. Willi klebte förmlich am Autofenster, um ja nichts von dem zu verpassen, was ihm vor die Augen kam. Er war beeindruckt, wie ganz anders dieser Teil New Yorks war. Hier fühlte man sich wie in einer Kleinstadt. Es gab Häuser und Gärten, Straßen, die links und rechts eingesäumt waren von Bäumen. Als das Auto am Grundstück der Gastgeber ankam, wurden sie schon im Eingangsbereich von dem liebenswürdigen Ehepaar begrüßt. Sie umarmten die beiden Deutschen und eröffneten ihnen, dass die Hochzeit der ältesten Tochter stattfinden würde, und sie beide, Aaron und Willi, als Ehrengäste vorgestellt würde. Dann baten sie noch, dass beide als Trauzeugen mit unter den Baldachin treten sollten. Willi war jetzt erst klar, dass die Familie in der jüdischen Tradition verwurzelt war. Aber mit großer Freude nahm auch er diese ehrenvolle Aufgabe an. Er wusste ja zu genau, wie alles zur Hochzeit seines Freundes Aaron abgelaufen war.

Es wurde noch ein ausgelassen fröhlicher Abend, oder besser gesagt, eine fröhliche Nacht. So unbeschwert hatte Willi noch nie ein Fest gefeiert. Immer wieder musste er an seine

Inge denken, und in seinem Herzen versprach er ihr, sie sollte genau so eine fröhliche Hochzeit haben, wie er sie hier erlebte.

Die arbeitsreichen Tage in New York gingen dem Ende entgegen. Viele Verträge waren unterzeichnet, die die Handelsbeziehungen auf eine sichere Grundlage stellten. Die amerikanischen Büromitarbeiter erhielten ihren letzten Lohn, aber Aaron hatte bei Freunden für ihre Weiterbeschäftigung gesorgt. Mit Sorge verfolgten er und Willi die Preisentwicklungen der letzten Wochen. Kündigte sich hier im Land eine Rezession an?

Mit diesen sorgenvollen Gedanken verabschiedeten sie sich von den vielen wertvollen Partnern, mit denen es so enge Kontakte gegeben hatte. Es gab noch ein besonders schönes Abschlusstreffen nach der gemeinsamen Zeit. Die Geschäftspartner und Freunde hatten ein Fest organisiert, um noch einmal herzlich für die letzten Wochen zu danken. Willi konnte es nicht fassen, wie man ihn und seinen Freund beschenkte. Ihnen wurden ein Paar richtige Cowboy-Stiefel aus echtem Büffelleder und ein Hut, wie ihn die Männer des Wilden Westens trugen, übergeben. Aber auch

Lebensmittel und kleine Präsente lagen am Ende des Abends in den Händen der zwei begeisterten Deutsche. Als sie alles im Hotelzimmer ausbreiteten, um es anschließend sicher zu verpacken, sahen sie auf einen Berg von wundervollen Sachen. Da standen Gläser mit Ahornsirup, aber auch zwei Pelzmützen, aus dem Fell von Polarfüchsen gefertigt. Auch zwei blaue Baumwollhosen, extrem strapazierbar, und mit Nieten an den Taschenecken zur Verstärkung versehen, gehörten zu den Geschenken. Jeder hatte eine Aktentasche bekommen, gefertigt aus dem Leder von Alligatoren. Dazu gab es Schreibgeräte mit eingraviertem Namen und echten Goldfedern, die nun vor den beiden Männern lagen. Sie waren überwältigt von der Großzügigkeit ihrer Geschäftspartner und Freunde.

Willi und Aaron hatten natürlich in New York auch für ihre Liebsten Geschenke gekauft. Für ihre Frauen befanden sich schon diverse Unterbekleidungen im Gepäck. Angefangen von Strümpfen, die die Beine in ihrer Form betonten, bis hin zu Unterkleidern, wunderschön zarten Unterhosen und spitzenverzierten Brusthaltern. Aber auch Schuhe und Kleider, im neuen Stil der heutigen Zeit, befanden sich in den Koffern.

Rechtzeitig kamen sie in Begleitung einiger Geschäftsfreunde im Hafen an. Aaron zeigte mit Freude auf das vor ihnen liegende Schiff, es war wieder die „Rotterdam". Ob sie wieder die Suite bekämen, wie damals auf der Herfahrt? Als das Schiff ablegte und sich langsam entfernte, standen Aaron und Willi noch immer winkend auf dem Promenadendeck. Eine gute und ereignisreiche Zeit lag hinter ihnen. Nun konnten sie sich uneingeschränkt auf die Heimkehr freuen. Nach einem gemeinsamen Abendessen zogen sie sich schnell in ihre Kabinen zurück. Willi zog seine Kleidung aus, legte alles sorgsam auf den Sessel, der fast neben dem Bett stand. und legte sich hin. In seinem Inneren spürte er eine große Vorfreude aufsteigen. Er würde seine Inge in die Arme nehmen, sie lange und innig küssen, und dann am Abend ihren Körper liebkosen. Er malte sich jede Einzelheit in Gedanken aus. Seine Sehnsucht war so groß, dass auch sein Körper heftig reagierte. Willi legte seine rechte Hand von unten an sein versteiftes Glied und drückte es gegen die Bauchdecke. Diese Gefühle, das wusste er, würde er nur mit Inge ausleben. Irgendwann fielen ihm schließlich die Augen zu, und er schlief tief und fest.

Es war Dienstag, der 26. August, als die „Rotterdam" im Heimathafen festmachte, und es regnete. Aaron und Willi zogen ihre amerikanischen Mäntel über und gingen auf das Promenadendeck. Aufmerksam suchten ihre Augen nach vertrauten Gesichtern in der Menschenmenge, die sich auf dem Kai eingefunden hatten. Aber von dieser Höhe und bei der großen Anzahl der Menschen, war nichts zu entdecken. Als sie das Schiff über die Gangway verließen und nun wieder festen Boden unter den Füßen hatten, kam ein Mann auf sie zu. „Sie sind sicher Herr Schreiter. Ich habe ihr Foto gesehen, um sie gleich zu erkennen. Ich bin beauftragt, sie mit dem Auto abzuholen und nach Hause zu bringen." Dann wandte er sich Willi zu, gab ihm die Hand und nannte seinen Namen. „Ich bin Kurt, der neue Fahrer von Herrn Schreiter."

Es gab nur noch weniges zu klären, Frachtpapiere wurden weitergereicht und Kurt beteuerte, dass sich zwei Firmenmitarbeiter um den Transport der mitgebrachten Dinge und Koffer kümmern würden. Willi sah staunend auf den Firmenlastwagen. Er war mit einer Plane bedeckt, die an den Seiten beschrieben war: „Sächsische Tuchfabriken Schreiter" Solche

Firmenwerbungen hatten sie in Amerika gesehen und schon überlegt, ob das nicht auch für die heimischen Fabriken genutzt werden sollte. Kurt öffnete ihnen die Autotür und bat, einzusteigen. Aber Aaron und Willi mussten erst noch das neue Gefährt ansehen. Es war ein Rolls-Royce Silver Ghost. Stolz erklärte Kurt, dies sei ein Auto mit einem Sechszylinder-Benzinmotor und Viergangschaltung. Als sie im Wagen saßen, und die Stadt Rotterdam verließen, überlegten Aaron und Willi, was es wohl noch für Neuerungen geben würde. Kurt war gern bereit, von seinem Arbeitgeber zu berichten. Und so gab er einen Überblick über die neuesten Ereignisse. Auch die Hinweise auf eine Firmenerweiterung wurden mit Befriedigung aufgenommen. Es hatte sich doch einiges verändert, und Aaron und Willi waren sehr gespannt, was sie noch zu Hause erwarten würde.

Von Rotterdam ging die Fahrt bis in das 120 Kilometer entfernte Nijmegen. Dort waren in einem Hotel für die Nacht Zimmer reserviert. Von der Stadt selbst sahen die Reisenden nicht viel. Zudem wollten sie schnell in ihre Zimmer und schlafen, um am nächsten Tag besonders früh weiter fahren zu können.

Die Abfahrt früh am Morgen erfolgte bei starkem Regen. Die Straßenverhältnisse ließen keine schnelle Fahrt zu. Und so waren alle froh, endlich Düsseldorf erreicht zu haben. Ohne größere Pause ging es weiter ostwärts. Als sie Kassel erreichten, beschlossen sie, dort zu übernachten.

Der neue Tag war noch sehr jung und erst langsam wurde es hell. Endlich waren sie wieder unterwegs. Die Vorfreude auf das Wiedersehen, beflügelte Willi, und er summte eine Melodie, die er in Amerika oft gehört hatte. Ihren letzten Reisetag verbrachten die Männer vielfach schweigend. Willi hätte sich am liebsten Flügel gewünscht, um schneller bei seiner Inge zu sein und sie in die Arme nehmen zu können.

Endlich war es so weit, und die Großstadt war von weitem zu sehen. Jetzt dauerte es nur noch eine reichliche Stunde, bis sie in Trona ankämen. „Worauf freust du dich am meisten, Aaron?" wollte Willi wissen. „Auf Sarah und unsere kleine Ruth." Bald schon war Trona in der Ferne zu sehen. Die kleinen Häuser schienen sich auf die heimische Erde zu ducken. Getreidefelder waren abgeerntet, nur die zu Puppen aufgestellten Garben standen noch.

Bald würden sie mit den Fuhrwerken abgeholt und in den Scheunen gelagert. Das Dreschen verschob man gern auf den Herbst, wenn die Felder für die Winterruhe vorbereitet waren.

Laut hupend bog das Auto von der Straße ab, um zu Willis Elternhaus zu fahren. Die Haustür stand weit offen, und alle hatten sich versammelt. Willi war ausgestiegen und stand noch an der geöffneten Autotür, als Inge in als erste heftig umarmte. Sie küsste ihn stürmisch auf den Mund, auf seine Wangen und wieder auf den Mund. Dann erst gab sie ihn frei für die Begrüßung der anderen. Anna und Ernst drückten ihren Sohn fest an ihr Herz. Auch Fritz und seine Lina standen im Hauseingang. Als Willi Lina umarmte, spürte er eine Wölbung ihres Bauches. Lachend deutete er darauf und sagte: „Dann bin ich ja rechtzeitig zur Taufe zurückgekommen, oder?" Lina nickte, gab ihrem Fritz die Hand, und lehnte sich an seine Schulter. Aaron hatte ebenfalls alle begrüßt, dann stieg er wieder in das Auto und fuhr zu seinem Zuhause.

In den folgenden Tagen gab es mehrere Konferenzen mit den Fabrikdirektoren im Haus des Besitzers. Beim ersten Treffen war eine Festtafel aufgestellt. Alle nahmen Platz, und dann erhob sich Herr Schreiter. Er sprach von den erfolgreichen Verhandlungen in Amerika. Über Einzelheiten von den Monaten auf der anderen Seite des Ozeans würde Aaron in den nächsten Tagen berichten. Nach seiner kurzen Ansprache nahm er das vor ihm stehende Weinglas in die Hand und wandte sich an die Gäste an der Tafel. „Meine Herren, es ist mir eine große Freude auf einen jungen Mann anzustoßen, der trotz seiner Jugend außerordentlich erfolgreich gearbeitet hat. Ich will diese Gelegenheit nutzen, und auch auf den sehr guten Lehrabschluss hinweisen. Willi", wandte er sich nun an ihn „Wir alle beglückwünschen dich für deinen Abschluss. Als Anerkennung und Wiedergutmachung für die Trennung von deiner Familie wirst du hier in Trona bleiben. Ich bitte dich nur, an unseren Geschäftstreffen in den nächsten Tagen teilzunehmen. Du wirst ja, so hat es deine Inge immer erzählt, wenn wir sie trafen, in diesem Herbst heiraten. Sie sprach immer von Oktober, aber das genaue Datum steht wohl noch nicht fest. Du wirst in Zukunft hier im Ort arbeiten. Hier soll die zentrale Leitung für alle Einzelfirmen entstehen, und dich ernenne ich zu meinem Hauptprokuristen. Dein Arbeitsbeginn sollte der 3. November sein. Bis dahin hast du frei. Natürlich bekommst du auch für diese Zeit dein Gehalt." Alle erhoben ihr Glas und prosteten Willi zu. Aaron drückte seinen Ellenbogen in Willis Seite und flüsterte ihm zu: „Wir werden die Welt aus den Angeln heben. Wir sind gemeinsam dafür stark genug."

Während des gemeinsamen Essens ergaben sich viele Gespräche. Alle waren an Einzelheiten interessiert, die das Leben der Amerikaner betrafen. Willi berichtete von den schicken Autos, die auf Fließbändern zusammengebaut wurden. So konnten sich nicht nur die Reichen ein Fahrzeug leisten. Aaron beteiligte sich eifrig am Gespräch und ergänzte mit anderen Details. Die verrückten New Yorker schienen nie zu schlafen. Geschäfte waren Tag und Nacht geöffnet, und der Verkehr auf den Straßen endete nie.

Es war schon später Nachmittag, als man auseinander ging. Das nächste Treffen wurde für den übernächsten Tag festgelegt. Willi verabschiedete sich noch von allen, bevor er mit Aaron in die Villa ging. Er wollte Sarah begrüßen und die kleine Ruth sehen. Auch Aarons Mutter und Miriam, seine jüngere Schwester, begrüßte er. Miriam war jetzt zehn und ein wirklich hübsches Mädchen. Die Mutter sagte lachend zu Willi: „Ich muss aufpassen, sonst verdreht sie den Jungs den Kopf."

Willi war wieder zu Hause. Am Vormittag hatten zwei Männer seine Gepäckstücke gebracht und im Haus abgestellt. Nicht nur seine Wäsche und Kleidung in den Koffern waren da, sondern auch die sorgsam verschnürten Päckchen mit all den wunderbaren Sachen, die Willi gekauft hatte, oder die ihm geschenkt wurden. Lange saßen sie am Abend noch zusammen. Für jeden hatte er etwas mitgebracht. Seiner Mutter übergab er ein besonders großes Paket. Sie packte es aus und legte alles auf den Tisch, an dem sie saßen. Da war eine kleine Schachtel mit einer goldenen Kette und einem Kreuzchen als Anhänger. Zwei paar Strümpfe steckten in Schuhen. Willi hatte weiche Lederschuhe gesehen, mit einem kleinen, etwas höherem Absatz, und sie für die Mutter gekauft. Aber auch ein warmer Wintermantel gehörte zu den Dingen, die er ihr schenkte. Für den Vater gab es eine goldene Taschenuhr. Als er den vorderen Deckel aufklappte, fiel sein Blick nicht nur auf das Zifferblatt. In der Deckelinnenseite war zu lesen: Meinem geliebten Papa. Auch Ernst erhielt Strümpfe und

Schuhe. Für ihn hatte Willi eine dick gefütterte Winterjacke erstanden.

Für Fritz und seine Lina gab es ebenfalls Schuhe und Strümpfe. Lina freute sich über eine silberne Kette, auch mit einem Kreuzanhänger. Fritz wickelte eine Pfeife mit handgeschnitztem Kopf aus einem Papierbogen. Er war der Einzige, der ab und zu rauchte. Dazu saß er in der Regel im Stall auf einem Schemel und sah den Kühen beim Kauen zu.

Inge hatte noch kein Päckchen bekommen. Aber sie wusste, dass sie nicht leer ausgehen würde. Da aber kein weiteres Paket da lag, musste irgendetwas in dem großen Koffer sein, der neben dem Tisch stand. Willi öffnete den Deckel und präsentierte seiner Liebesten den Inhalt. Er bat sie, Stück für Stück selbst zu entnehmen. Ganz oben lag etwas, in ein weiches Tuch gehüllt. Als Inge es auseinander faltete, lag ein weißes Brautkleid vor ihr. Aus feinster Spitze und Seide gefertigt, glänzte es im Licht der Lampe. Ein Schleier, an einem Ende mit einer kleinen goldenen Krone geschmückt, vervollständigte alles. Inge musste erst ihrem Liebsten vor lauter Glück einen Kuss geben, bevor sie weiter auspackte. Was war das? Sie hielt ein paar weiße Schuhe in die

Höhe. Passend zum Kleid hatte Willi in New York noch die Schuhe und Seidenstrümpfe gekauft. Inge entnahm immer neue Kostbarkeiten aus dem Koffer. Da war ein wunderbar weicher Wintermantel mit einem großen Pelzkragen. Dann hielt sie ein Paar Damenschnürstiefel aus braunem Leder in den Händen. Inge strich begeistert über den leicht geschweiften Blockabsatz, bestaunte die achtzehn Metallösenpaare, durch die die Schnürsenkel vom Rist zum Schaftabschluss gefädelt waren. Weiter unten lagen weiße Unterhemden und Hosen, alles mit Spitze verziert. Auch ein Korsett mit anhängenden Strumpfhaltern legte sie noch auf dem Tisch. Ganz zuletzt entnahm Inge eine kleine Schatulle dem Koffer. Die stellte sie vor sich auf den Tisch, hob den Deckel und rief begeistert: „Oh, wie wunderschön!" dann ergriff sie zwei breite goldene Ringe und eine Goldkette mit einem Kreuz, um das sich eine Rose rankte. Natürlich probierte sie sofort die Passform des kleineren Ringes. Er saß wie angegossen, und am liebsten hätte Inge ihn nicht wieder abgezogen.

Einen besonderen Höhepunkt nach dem gemeinsamen Abend am Tisch, bereitete Inge ihrem Willi, als sie endlich im Bett lagen. Sie hatte sich nackt hingelegt, die Bettdecke einladend für ihn zurückgeschlagen. Dann lagen sie eng beieinander. Inge war ganz dicht an Willis Seite gerückt. Ihre Brüste drückten leicht gegen seinen Brustkorb. Unbeschreibliche Gefühle durchströmten die Körper der beiden Liebenden. Lange lagen sie küssend und sich immer und überall streicheln nebeneinander. Dann beugte sie sich über ihren Willi. Sie hob ein Bein über ihn auf seine andere Körperseite. Nun war sie so über ihm, als wolle sie reiten. Ihre Hand griff nach unten und erfasste sein hoch aufgerichtetes Glied. Langsam dirigierte sie es in die richtige Stellung und ließ sich selbst nach unten gleiten. So vereinigt begannen Minuten der Lust, die sie völlig aus dem Dasein entführten und ungeahnte Leidenschaften freisetzten. Eine so intensive Vereinigung hatten sie noch nie erlebt. Inge blieb noch eine lange Zeit auf Willis Brust liegen, ihren Kopf auf seiner Schulter gebettet. Trotz des gemeinsam erlebten Höhepunktes blieb Willi in einer angenehmen Spannung. Nach langen und zärtlichen Minuten des Ruhens begann er wieder, langsam und gleichmäßig, zu lieben. Es war eine unvergessliche Nacht.

Die nächsten Tage waren angefüllt mit mehreren Konferenzen in der Firma. Außerdem hatten Willi und seine Inge ihre Hochzeit angemeldet. Es war nun festgelegt, dass sie am 12. Oktober in der Dorfkirche heiraten würden. Alle im Haus freuten sich auf dieses Fest, und gemeinsam wurde geplant und wieder verworfen, über das richtige Essen beraten, auch eine Namensliste der Gäste erstellt.

Mit Aaron sprachen Inge und Willi, als sie ihn und die ganze Familie zur Feier einladen wollten. Sie saßen im gemütlichen Wintergarten und tranken ihren Kaffee aus Tassen aus echtem Meißner Porzellan. Aaron wollte wissen, wie viel Gäste es wohl werden könnten. Vielleicht werden es um die hundert. Aber mehr könnten sie ja auch keinesfalls auf der Tenne in der Scheune unterbringen. Da schaltete sich Herr Schreiter in das Gespräch ein. Er sprach von den großen Umbauplänen für das Werk hier in Trona. Das Dorf würde sich in absehbarer Zeit sehr verändern. Mehrere Einfamilienhäuser waren in der Planung. Die Firmenzentrale sollte in einem der Werksgebäude entstehen. Dazu hatte man schon begonnen, die Maschinen und Geräte abzubauen. Die standen inzwischen im Erdgeschoss des Gebäudes. Die ganze erste Etage war frei. So war Platz für viele Menschen. Mit nur wenig Mühe könnte dort die Hochzeitsfeier stattfinden. Gemeinsam gingen sie wenig später durch den Park und standen im Fabrikhof vor der Eingangstür. Im großen oberen Produktionssaal lagen nur noch einige Baumaterialien. Inge und Willi konnten sich lebhaft vorstellen, wie es hier zur Feier aussehen würde. Begeistert schritten sie Hand in Hand durch den großen Raum, deuteten nach links oder rechts und besprachen ihre Vorstellungen.

Aaron war mit seinem Vater schon wieder die Treppe nach unten gegangen. Die beiden sprachen über ganz praktische Dinge. Es mussten genügend Tische und Stühle her, aber das würden sie beide schon organisieren.

Über eine Stunde später waren die jungen Brautleute zurück im Wohnhaus. Lange blieben sie nicht mehr, denn sie wollten schnellstens den Eltern von dem großzügigen Angebot und den damit eröffneten guten Bedingungen berichten.

Die nächsten Tage und Wochen vergingen schnell. Die Vorfreude hatte alle erfasst. Gemeinsam wurde vorbereitet. Tischwäsche hatte Aaron aus einer der Fabriken geholt. Der weiße Stoff war auf einer dicken Rolle aufgerollt und so konnten lange Tischreihen gut eingedeckt werden. In der letzten Woche vor der Hochzeit musste Willi immer wieder seine Nervosität zügeln. Er wollte für alles möglichst selbst sorgen, um sicher zu gehen, dass nichts vergessen würde. Wenn er zu aufgeregt umher lief, wurde er einfach weg geschickt. Und so pendelte er immer wieder vom Elternhaus zum Fabrikgebäude. Einmal sah er bei den Koch- und Backvorbereitungen zu, dann war er wieder im großen Festsaal und bestaunte die vielen silbernen Kerzenleuchter, die Frau Schreiter telefonisch von Freunden ausgeliehen hatte.

Ein wohltuender Ruhepol für den aufgekratzten Willi war sein Freund Aaron. Der verstand es, ihn immer wieder zu beruhigen und mit anderen interessanten Sachen abzulenken. Einmal war es die Zeitung mit ihren neuen Meldungen, die zu gemeinsamen Gesprächen anregten. Ausführlich wurde auch über die demokratisch parlamentarische Verfassung gesprochen die am 11. August in der Weimarer Nationalversammlung beschlossen wurde. Sie waren noch in Amerika, und hatten nur in einer kleinen Zeitungsnotiz davon gelesen. Es gab noch ein anderes Thema, was die beiden

Männer beschäftigte. In Dessau startete zu einem Erstflug ein neu entwickeltes Flugzeug. Auch das wussten sie nur aus einem Artikel eines New Yorker Blattes. Es war ganz aus Metall gefertigt und trug die Bezeichnung „Junkers F 13". Aaron hatte nach der Rückkehr aus Amerika nach den technischen Daten geforscht. Er konnte nun auf Details verweisen. Dieses Flugzeug, ein einmotoriger Tiefdecker, bot Platz für vier Passagiere und war ausschließlich für den zivilen Flugverkehr und für Frachtbeförderung entwickelt worden. Aber die Auflagen der Ententemächte Frankreich und England beinhalteten auch das Verbot, in Deutschland den Luftverkehr aufzubauen. So wurde im Oktober das erste Serienflugzeug in Amerika verkauft. Willi staunte nicht schlecht, als Aaron ihm erzählte, wer der Käufer war. Es war John M. Larsen aus New York. Mit ihm und anderen Geschäftsmännern hatten sie zusammen gesessen und über Verträge und Geschäftsverbindungen gesprochen. Larsen hatte kurzerhand eine Firma gegründet, die Junkers-Larsen-Aircraft Corporation, natürlich mit Sitz in New York. Die Maschine wurde in Kisten angeliefert und dann vor Ort zusammengebaut. Larsen verkaufte kurze Zeit später zwei Maschinen an die US-Marine, die natürlich statt der Räder mit Schwimmern ausgerüstet waren.

Nach solchen Treffen mit Aaron war Willi wieder ruhig und ausgeglichen..

Der Hochzeitstag brach an. Es war ein schöner Herbstmorgen, als Willi sich an der Wasserpumpe im Freien wusch. Er fühlte sich erfrischt, aber gleichzeitig auch aufgezogen, wie eine Puppe, die er in Amerika gesehen hatte. In ihrem Rücken steckte eine Kurbel. Man konnte dort so lange drehen, bis die eingebaute Feder angespannt war. Beim Loslassen, wackelte und tanzte die Puppe, bis die Spannung vorbei war. Dann sank sie in sich zusammen.

Endlich war es so weit, und Anna und Ernst kamen mit der Kutsche des Nachbarn vorgefahren. Ernst hielt die Zügel fest in der Hand, seine Frau hatte ihre Hände gefaltet im Schoß auf die frisch gestärkte und schneeweiße Schürze gelegt. Inge stieg als erste in die Kutsche. Sie sah bezaubernd schön aus. Das amerikanische Hochzeitskleid saß wie angegossen. Die Spitze im oberen Teil ermöglichte einen kleinen Durchblick auf die Schultern und den Brustansatz. Weiter nach unten verhinderte die weiße Seide, weitere Einblicke. Inge trug Handschuhe, die bis über die Ellenbogen reichten. Ihre weißen Hochzeitsschuhe lugten auf der Fahrt zur Kirche unter dem Kleid hervor. Mehr war nicht zu sehen. Auch nicht, dass Inge die neuen und hauchdünnen Strümpfe trug. Der Schleier, eine sehr lange Schleppe, war mit seiner kleinen Goldkrone das Besonders am Gesamtbild der jungen und bildhübschen Frau. Willi trug einen fast schwarzen Anzug. Die Rockschöße der Jacke, es war ein Cutaway, gingen bis in die Kniekehlen. Feine helle Streifen durchzogen den Stoff und ließen ihn noch kostbarere erscheinen. Auch er trug weiße Handschuhe. In der Hand hielt er einen Zylinder, den er erst vor der Kirche aufsetzen wollte.

Kaum saßen sie in der Kutsche, ging es auch schon in Richtung Kirche los. Vor dem Kirchenportal warteten Willi und seine Inge, bis der Vater die Zügel an einen jungen Knecht der Fiedlers übergeben hatte. Dann half er ihnen aus der Kutsche. Sie mussten noch einen Augenblick warten, denn erst suchten die Eltern ihren Platz auf, in der ersten Bank, unmittelbar vor dem etwas erhöhten Altarbereich. Auf ein Handzeichen des Pfarrers begann der Kantor auf der Orgel zu spielen. Unter ihren

Klängen betraten Willi und seine Inge die Kirche. Alle hatten sich ihnen zugewandt. Das einmalig schöne und nahezu exotisch wirkende Brautkleid fand besonders aufmerksame Beobachter. Es war ein beeindruckender Hochzeitsgottesdienst. Hier und da wurden Taschentücher gezückt und von vergossenen Tränen benetzt. Das Eheversprechen sprach Willi klar und mit Nachdruck. Dann wurden die Ringe gegenseitig angesteckt. Mit großen staunenden Augen hatte der Pfarrer darauf gesehen. So schöne und kostbare Eheringe hatte er noch nie gesehen. Dann knieten sich die Brautleute auf die bereitgelegten Kissen und der Pfarrer legte seine Hände auf die Köpfe der beiden und sprach seinen Segen. Das Aufstehen war für Inge gar nicht einfach. Das lange Kleid und die ungewohnten Schuhe behinderten sie. Willi fasste einfach zu, zog den Schleier vom Kleid etwas weg und reichte seiner Frau die Hand. Nun endlich konnten sie sich der versammelten Gemeinde zuwenden. Was Willi besonders bewegte, war aber die Tatsache, dass im Lutherischen Gotteshaus auch die Familie Schreiter ganz weit vorn in einer Bank saß.

Das Ehepaar verließ die Kirche und wollte zur Kutsche gehen. Aber eine große Ansammlung von Jung und Alt hielt sie zurück. Sie forderten lautstark das Zersägen eines dicken Holzstammes. Also stellten sich Willi und seine junge Frau an den Sägebock, um dieser schweißtreibenden Arbeit ihren Respekt zu erweisen. Als sie den dicken Holzstamm bezwungen hatte, schauten sich die beiden triumphierend um. In Willis Gedanken, aber auch in seiner Gefühlswelt, verfestigte sich die Gewissheit, in Inge das Beste gefunden zu haben, was es überhaupt auf dieser Erde gab.

Nach dem Gottesdienst in der geschmückten Dorfkirche ging es geradewegs zur Schreiterschen Fabrik. Dort war alles für die Bewirtung und die Feier vorbereitet. Es gab so viele verschiedene Speisen und Getränke, dass wohl jeder Gast auf seine Kosten kam. Bis zum Nachmittagskaffe blieben alle am Tisch. Kinder sagten Gedichte auf, ein Schwesternpaar sang ein paar Lieder. Die allgemein bekannten Melodien wurden mitgesungen. Und so vergingen die Stunden in einer fröhlichen Stimmung. Nach Kaffee und Kuchen gingen einige Bauern zurück zur Hofarbeit. Auch an einem solchen Festsonntag musste das Vieh versorgt werden.

Die Altbauern hatten die Arbeit übernommen, um den jüngeren Familienmitgliedern das fröhliche Fest nicht zu verkürzen. Alle wussten, dass nach dem Abendessen ein paar Musiker zum Tanz aufspielen würden. Der Pfarrer mit seiner recht jungen Frau saß neben dem Dorflehrer. Die Drei hatten sich viel zu erzählen. Als dann das Abendessen aufgetischt wurde, langte der Pfarrer wieder kräftig zu.

Die Tür ging auf, und drei Musiker kamen in den großen Saal. Schnell wurden die Tische eng an die Wände und übereinander gestellt und die Stühle nahe an die Tische geschoben. Nun gab es genügend Platz, für ausgelassenes Tanzen. Als die erste Melodie erklang, zog der Pfarrer seine Frau vom Stuhl hoch, auf den sie sich gerade erst gesetzt hatte. Man sah ihr an, dass sie lieber hier geblieben wäre, aber er drängte zum Aufbruch. Nach der Verabschiedung vom Brautpaar und den Eltern gingen sie, noch einmal allen zuwinkend. Es war ein Abend voller Musik und Tanz. Es wurde gelacht und gescherzt. Küsse wurden ausgetauscht, manche davon kamen überraschend. Unter den jungen Dörflern schien es besonders zu knistern, und immer mal war ein Pärchen für kurze Zeit in der recht kalten Nacht verschwunden. Der Park vor der Villa mit seinen dunklen Ecken und Bänken war auch zu verlockend und natürlich gut für kleine Liebeleien geeignet. Lange konnten sie aber nicht im Freien bleiben, dazu war es einfach zu kalt geworden. Pünktlich zu Mitternacht wurde die Braut von ihrem langen Schleier erlöst. Es war im Laufe des Abends für Inge nicht leicht, mit dieser langen Schleppe zu tanzen. Auch die große Anzahl von Haarnadeln drückte je länger sie fest sitzen mussten umso mehr. Aber nun war er ab und lag um die Stühle herum gelegt, auf denen Willi und Inge nebeneinander saßen. Die Mutter Anna kam mit einer Nachthaube und setzte sie auf Inges Kopf. Ernst hatte für seinen Sohn eine dünne und ziemlich lange Zipfelmütze in der Hand, die er nun auf dessen Kopf zog. Gedichte wurden aufgesagt und alle Gäste wünschten besonders viel Glück und Segen, denn mit dem neuen Tag begannen ja auch für beide die Ehepflichten. Es war schon fast früher Morgen, als alle aufbrachen. Für Willi, Inge, Anna und Ernst wurde der Fahrer beauftragt, sie mit dem Auto nach Hause zu bringen. Nur Fritz und Lina wollten durch die kalte Nacht laufen.

Schnell war im Bauernhaus Ruhe eingekehrt, denn alle lagen nach kurzer Zeit in den Betten.

Was für ein Tag, dachte Willi, bevor er seiner Inge einen Gutenachtkuss gab. Aber die schien schon zu schlafen.

Zum Jahresende hin gab es auf dem Hof viel zu tun. Die ersten Baumaterialien wurden geliefert. Glatt gehobelte Bohlen für den Fußboden lagen neben starken Balken, die für das Dach nötig waren. Auch Ziegelsteine lagen schon gestapelt in der Scheune.

In ganz Trona schien so eine Art Baufieber ausgebrochen zu sein. Am Dorfrand entstanden kleinere Einfamilienhäuser, die wie in einer Reihe aufgefädelt links und rechts an der Hauptstraße gebaut wurden. Über einen kleinen Vorgarten gelangte man zur Haustür. Auf der Rückseite hatten alle Grundstücke genügend Platz, um eigenes Gemüse anzubauen. Obstbäume wurden gepflanzt und in einigen Gärten standen Hasenställe an die Hausrückwände gelehnt. Der Fabriksaal, in dem noch vor kurzem ausgelassen Hochzeit gefeiert wurde, veränderte immer mehr sein Aussehen. Zwischenwände wurden gezogen, und glatt verputzt. Tischler bauten Türen ein und die Elektriker zogen ihre Kabel an den Wänden entlang. Nach und nach wurden die eingerichteten Büros fertig. Nach dem Zugang über die Treppe stand man an einem langen Gang. Links und rechts führten Türen in die Büros. Am Ende des Flures kam man in ein großes Zimmer, was sich über die gesamte Hausbreite erstreckte. Im größten Raum bekam Aaron seinen Arbeitsplatz eingerichtet. Gleich neben seinem Chefzimmer wurde für Willi, den Prokuristen, ein Büro gestaltet. Willi konnte sich das nötige Mobiliar selbst aussuchen. Im neuen Jahr 1920 war alles so weit fertig, dass in Trona die zentrale Geschäftsführung ihre Arbeiten aufnahm.

Willi feierte mit seiner Familie, mit Aaron und seiner Frau Sarah, und der kleinen Ruth, die inzwischen ihren zweiten Geburtstag hatte, in der großen elterlichen Stube seinen Geburtstag einen Tag später nach. Es wurde viel erzählt und gelacht. Die Männer tauschten sich über Amerika aus. Es waren zum Teil beunruhigende Nachrichten, die sie nachdenklich stimmten. Über eine Wirtschaftskrise wurde schon gesprochen. Willi und Aaron waren sich einig, sehr genau die Entwicklung zu beobachten. Zur Tageszeitung, die jeden Morgen in Aarons Büro gebracht wurde, kam wöchentlich eine Zeitschrift aus England.

So konnte er sich ein umfassenderes Bild von der weltweiten Lage machen.

Wenige Tage später trat der Friedensvertrag von Versailles in Kraft. Das ganze Land schien in Aufruhr zu sein. In Berlin gab es bei einem Aufstand vor dem Reichstag Tote und Verletzte. Nur wenige Wochen später marschierten meuternde Reichswehroffiziere mit ihren Truppen nach Berlin. Sie versuchten fünf Tage lang, die Regierung zu stürzen. Aber der Putsch gelang nicht. Ein Generalstreik zeigte den Anführern des Aufstandes, dass sie keinen Rückhalt im Land hatten. Natürlich erörterten Willi und Aaron die politische Lage. Aber gleichzeitig mussten sie an ihre wirtschaftlichen Interessen denken. Würden sich Arbeiter aus ihren Fabriken am Streik beteiligen? Die Belegschaft war inzwischen auf über 1.000 Arbeiter angestiegen. Aber alle kamen wie immer an ihre Arbeitsplätze. Sie hatten nicht vergessen, wie der Eigentümer in schwersten Notzeiten für sie gesorgt hatte.

Auf dem amerikanischen Markt gab es massive Preissenkungen. Die Nachfrage war deutlich zurückgegangen, und so versuchten sich viele Produzenten, mit Unterbietung der Konkurrenzpreise, ihren Marktanteil zu sichern.

Im April kam es schließlich zu einem Zusammenbruch des amerikanischen Marktes. An der New Yorker Börse gab es Verluste von fast 33 % zum Vorjahr. In vielen Unternehmen kam es zu Massenentlassungen.

Die amerikanischen Partner der „Sächsischen Tuchfabriken Schreiter" mussten bestehende Verträge aussetzen, und in Deutschland wurden die Produktionszahlen reduziert. Die Leiter der einzelnen Fabriken saßen immer öfter in Aarons Büro zusammen, um über die weiteren Geschäftsmöglichkeiten zu sprechen. Mancher Vorschlag wurde gemeinsam geprüft, aber fast alles stellte sich als zur Zeit nicht realistisch oder zu kostspielig heraus. Willi schlug vor, doch mit Herrn Karpow Verbindung aufzunehmen. Er musste zunächst erklären, um wen es sich dabei handelte. Aber weder er noch Aaron wussten die aktuelle Lage ihres Bekannten einzuschätzen. So wurde beschlossen, einen ersten telefonischen Kontakt herzustellen. Willi saß am anderen Morgen lange am Telefon. Herr Karpow war in Paris erreichbar, und Willis Sekretärin hatte die Verbindung hergestellt. Lange sprachen die Männer zusammen. Willi konnte sein Anliegen vorbringen und erläuterte kurz die Geschäftssituation. Karpow am anderen Ende der Leitung bestätigte den allgemeinen Trend und die Schwierigkeiten mit den Amerikanern. Er lud Willi ein, doch für ein paar Tage nach Paris zu kommen. Dann könnten sie in aller Ruhe über Geschäftsmöglichkeiten sprechen. Außerdem würde Karpow gern die Stadt zeigen. „Und vor allem, bringen sie ihre junge Frau mit. Ihr wird es hier gefallen." Willi versprach, sich in den nächsten Tagen noch einmal zu melden und beendete das Gespräch. Er stand auf, ging auf den Flur und klopfte an Aaron Tür. Beide saßen kurz darauf in der Sesselgruppe und berieten alles Weitere. Besonders die Einladung, die Karpow ausdrücklich auch für Inge ausgesprochen hatte, erfreute die Männer. Es wurden noch Termine abgestimmt, und die Sekretärin des Direktors beauftragt, die Reisetickets für die Bahnfahrt zu bestellen.

Am 28. Juni sollte es nach Paris gehen. Es gab noch einiges vorzubereiten, Vorverträge wurden erarbeitet, eine Musterkollektion zusammengestellt und sorgfältig verpackt. Während die Vorbereitungen in der Firma liefen, gab es für Inge viel zu bedenken. Die Einladung, mit ihrem Willi nach Paris zu fahren, kam natürlich überraschend. Sie war noch nie aus der Heimatregion weggefahren. Und nun sollte es so eine große Reise werden? Als es Juni wurde, stieg ihre Nervosität. Immer wieder besprach sie mit ihrem Willi, was denn an Kleidung mitzunehmen sei.

Inzwischen war der Anbau an der Scheune fertig, der als Stall für die Kühe vorgesehen war. Ernst hatte mit seinem Schwager Fritz schon sehr viel geschafft. Willi war so sehr in der Firma beschäftigt, dass er sich kaum an den Bauarbeiten beteiligen konnte, deshalb beauftragte Aaron zwei Mitarbeiter aus der Tuchfabrik in Berna, als Ersatz für Willi am Bau mitzuwirken. Quer zur Scheune entstand noch ein flaches Gebäude. Der erste abgetrennte Bereich war vom Wohnhaus mit wenigen Schritten erreichbar. Hier entstand das neue Waschhaus. Eine gemauerte Feuerstelle bekam von oben einen großen Kessel aufgesetzt. Das besondere im Waschhaus war aber die rechte hintere Ecke. Dort befand sich ein kleiner Raum, sorgfältig vom Übrigen abgeteilt. Es war das neue Klo für die Familie. Auf einem glatt gehobelten Querbrett hatte man von links und rechts genau mittig eine runde Öffnung gesägt und glatt verschliffen. Genau unter dem Holzsitz war ein großes Tonrohr befestigt, was schräg nach hinten reichte und sich nach unten verjüngte. An der Vorderseite des Sitzes sorgten quer angebrachte Bretter für den nötigen Abschluss aber auch Halt. Auf dem runden Loch lag ein extra dafür gebauter Deckel. Die Zeit, als man sich noch im Kuhstall hinhockte um sich zu erleichtern, war nun endlich vorbei.

Links neben dem neuen Waschhaus, im gleichen Quergebäude, gab es noch einen Schweinestall mit Platz für mindestens vier Borstentiere, und ganz links hatten die Hühner ihr neues Zuhause gefunden. An der Rückwand des Raumes war eine Holzklappe angebracht, die von einem Scharnier gehalten, schräg angehoben und abgestützt werden konnte, und den Hühnern den Freilauf ermöglichten. Als alles fertig war, konnten die Tiere in die neuen Ställe umgesetzt werden. Die acht Kühe und drei Schweine bekamen ihre Plätze zugewiesen, und die Hühnerherde nahm vom Freilauf Besitz. Sie scharrten mit großer Ausdauer auf dem Misthaufen, der Hinter dem Anbau und genau neben der abgedeckten Jauchegrube aufgetürmt war. Vom Kuhstalle aus lag ein Brett von der Türschwelle bis hinauf auf den Haufen, und so gab es ständig Nachschub für die Hühner. Sie hatten ihren eigenen Platz schnell akzeptiert, so dass niemand mehr am

Abend auf die Suche nach ihnen gehen musst. Sie kamen alle in den Stall und saßen meist auf den Stangen, wenn Lina die Klappe schloss.

Die Frauen waren von der Waschküche begeistert. Ihre Wochenwäsche wurde dadurch sehr erleichtert. Warmes Wasser stand nun genügend zur Verfügung. Neben den drei hölzernen Waschzubern wurde noch eine längliche Blechwanne gekauft. Die war so lang, dass man sich längs richtig hineinlegen und baden konnte. Das war für alle jedes Mal ein Fest, wenn sie am Samstag nach getaner Arbeit im Waschhaus verschwanden. Der Kessel wurde schon den ganzen über Tag geheizt und so gab es genügend warmes Wasser. Anna und Ernst ließen den jungen Leuten den Vortritt. Nach Lina stieg ihr Fritz in das Wasser. Dann wurde die Wanne einfach ausgekippt und alles lief unter der Tür durch in den Hof. Nach ihnen durften Inge und Willi das Baden genießen. Aber die beiden saßen meist gemeinsam in der Wanne. Es war zwar eng und man konnte eigentlich nicht richtig gemeinsam darin liegen, aber dafür waren wunderschöne Spielereien möglich. Ihre Badezeit zog sich meist etwas länger hin. Dann kippten auch sie die Wanne aus und füllten diese mit frischem warmen Wasser für die Eltern.

Mit dem Umbau des Wohnhauses ging es inzwischen gut voran. Für Inge und Willi begann ein neues Abenteuer, als sie vom Fahrer der Schreites abgeholt wurden. Er brachte sie in die Stadt zum Zug. Es würde eine längere Reise sein, das war schon klar. Deshalb hatte Inge einen Korb gepackt, mit Äpfeln und Brot, Schlackwurst und Käse, einer Flasche mit Milch und einer mit kaltem Tee. Auch zwei Blechtassen und ein Messer befanden sich im Korb. Die Reise nach Paris konnte starten.

Endlich in Paris! Willi und Inge waren angekommen und von den neuen Eindrücken fast erdrückt. Der Bahnhof, es war der Gare de l´Est, ein Kopfbahnhof, wirkte gewaltig auf die Beiden. Sie verließen das große Gebäude und standen nun auf der Straße. Inge hielt sich mit beiden Händen am Arm ihres Mannes fest. Sie staunte über die 180 Meter lange Fassade, die eher wie ein Adelsschloss aus der Feudalzeit aussah. Ein Kofferträger trat neben sie und stellte das Gepäck ab. Aber da kam auch schon Herr Karpow. Er begrüßte Willi und Inge sehr herzlich, küsste beide dabei links und rechts auf die Wangen und winkte seinem Chauffeur, der im Auto wartete. Der kam die wenigen Meter herangefahren und verstaute nun mit dem Kofferträger das Gepäck. Dann fuhren sie durch die faszinierende lebendige Stadt. Die vielen Eindrücke konnten gar nicht so schnell verarbeitet werden. Herr Karpow versprach aber, den beiden ausführlich Paris zu zeigen. Jetzt erst einmal sollten sie sich frisch machen und ausruhen. Auch das Begrüßungsmahl sei schon vorbereitet, versicherte er.

Das Auto fuhr in die Einfahrt eines großen Parks. Hier, im Stadtteil Saint-German-des-Prés hatte sich Karpow schon vor Jahren eine Stadtvilla gekauft. Im großen Haus gab es 20 Räume und 10 Schlafzimmer. Als das Auto vor dem großen Portal stand, wurde dessen Tür von außen geöffnet und ein Bediensteter des Hauses in Livree half beim Aussteigen. Zwei andere nahmen den großen Koffer und den Korb und trugen alles ins Haus. Währenddessen trat eine noch sehr junge und hübsche Frau heran, reichte Inge die Hand und begrüßte sie herzlich, ebenfalls mit Küssen auf beide Wangen. Willi gab sie nur die Hand, während sie ihren Namen nannte. Sie sei Olga, und die Ehefrau des Herrn Karpow. Die Gäste wurden ins Haus gebeten und von Olga in einen Salon begleitet. Dort setzten sie sich und die junge Hausherrin erklärte in aller Kürze die Anordnung der Zimmer. Dann begleitete sie Willi und Inge in ein Schlafzimmer. Sie öffnete die reich verzierte Tür und ließ Inge eintreten, die abrupt stehen blieb. So etwas Prachtvolles und Edles hatte sie noch nie gesehen. Das konnte doch nur eine Königin bewohnen. Willi stand hinter ihr und schob sie sanft von der Tür weg. Während Olga das Schlafzimmer verließ und die Tür ins Schloss zog, drehte Willi seine fassungslose Frau um und küsste sie lange und zärtlich auf den Mund. Hand in Hand bestaunten sie nun jedes Möbelstück und jedes Detail des großen Himmelbettes. Vorsichtig berührte Inge die geschnitzten Bettpfosten, strich über den weichen Samtvorhang, der das Bett mit einem Hauch von Geborgenheit umgab. Dann setzte sie sich vorsichtig auf die Bettkante. Weich sank sie ein Stück nach unten. Das war ein ganz anderes Gefühl, als das heimische Bett. Dort lag auf dem Bodenbrett eine Lage Stroh, darauf dann eine derbe Matratze, die mit Rosshaar gefüllt war. Auch die Bettwäsche zu Hause war aus derbem Leinen. Hier aber umgab sie eine andere Schlafwelt.

Es klopfte an der Tür und ein Hausmädchen kam nach dem „Herein" zu ihnen. Sie fragte nach Wünschen der Beiden und als die verneinten, bat sie, sie zum Essen in den Speisesalon führen zu dürfen. Kurze danach saßen Willi und Inge mit Herrn Karpow und seiner Frau Olga an einem festlich gedeckten runden Tisch. Angeregt unterhielten sich die Männer, die sich gegenüber saßen, als sich plötzlich Karpow zu Inge wandte. Er ergriff ihre Hand, küsste leicht den Handrücken und sah lachend in Inges erstauntes Gesicht. „Ach wisst ihr, wir sollten du zu einander sagen. Ich bin Peter, und meine Frau Olga hat sich ja schon vorgestellt. Ihr beide, liebe Inge und Wilhelm, sollt euch hier wohl fühlen. Wir haben uns schon auf euch gefreut, als euer Reisetermin noch nicht fest stand. Also noch einmal, herzlich willkommen!" Dann erhob er ein Weinglas in dem tief rot der Wein im Kristallschliff des Glases glitzerte.

Es war ein ausgelassener und fröhlicher Abend. Für Inge war es schwer zu verstehen, dass man sie, eine Bauerntochter, so herzlich aufnahm. Nach dem angeregten und schönen Abend waren sie aber auch rechtschaffen müde. Im Schlafzimmer angekommen, bestaunten sie das angrenzende Badezimmer, aber zu großen Aktivitäten waren beide nicht mehr in der Lage. Die weichen Betten sorgten auch für einen schnellen und tiefen Schlaf.

Willi war als erster wach. Er hatte sich seiner noch schlafenden Frau zugewandt, den Ellenbogen aufgestellt und den Kopf aufgestützt. Er sah seine Inge an, und in ihm breitete sich eine große Freude und Dankbarkeit aus. Sie war wirklich ein Geschenk des Himmels. Er war so in Gedanken versunken, dass er gar nicht gleich sah, wie sie die Augen öffnete. Nun sah Inge ihm ins Gesicht. Ihre Hand strich zärtlich über die Wange, und sie flüsterte: „Mein wunderschöner Liebling, ich bin so glücklich! Müssen wir schon aufstehen, oder haben wir noch Zeit für uns?" Dabei strich sie mit dem Zeigefinger über Willis Nasenspitze. Willi wandte sich kurz ab, um auf seiner Taschenuhr nach der Zeit zu sehen. Dann drehte er sich lächelnd zurück, fasste unter die Bettdecke und streichelte Inges Brüste. Raum und Zeit schienen sich aufzulösen, so atemberaubend liebten sie sich.

Es war bereits weit nach zehn Uhr, als sie den Speisesalon betraten. Auf dem Tisch standen zwei Gedecke. Etwas verlegen stand Inge noch in der Nähe der Tür und wusste nicht, ob sie sich einfach setzen sollten. Aber da ging schon die Tür auf, und ein Dienstmädchen betrat den Salon, gefolgt von der Hausherrin. Das Mädchen deckte den Tisch mit unbekannten Köstlichkeiten. Olga sah Inge tief in die Augen, dann klatschte sie begeistert in ihre Hände und rief „oh, wie schön, was für eine Freude, wie wunderschön!" Inge wusste das nicht zu deuten, aber die junge Gastgeberin zeigte nur auf ihren Bauch. „Der Himmel hat dich eben beschenkt!" Willi und seine junge Frau konnten nichts darauf erwidern. Stumm setzten sie sich an den Tisch. „Lasst es euch schmecken, meine lieben Freunde." Das späte Frühstück schmeckte besonders gut, zumal Willi und Inge am Vorabend nicht so reichlich gegessen hatten. Angeregt unterhielt sich Olga, die sich noch eine Tasse Kaffee eingießen ließ, mit ihren Gästen. Sie hatte viele Vorschläge für ein Tour durch Paris. Sie schlug vor, mit dem Auto verschiedene Sehenswürdigkeiten anzusteuern. Da könne man mehr sehen, als wenn man zu Fuß unterwegs wäre. Peter war den ganzen Tag geschäftlich unterwegs. Aber der große Wagen mit Fahrer stand zur Verfügung. Nach dem Frühstück ging es für Inges Begriffe kreuz und quer durch die Stadt. Sie war sich sicher, dass sie sich allein hoffnungslos verlaufen würde. Es gab so viel zu entdecken, dass es ihr richtig schwer fiel, auf alles zu achten. Sie wollte doch zu Hause von allem berichten. Vor dem Musée du Louvre hielt der Fahrer und ließ alle aussteigen. Während er wartete, sahen sie sich aufmerksam um. Olga zeigte in verschiedene Richtungen und beschrieb die genaue Lage: im Zentrum zwischen dem rechten Seine-Ufer und der Rue de Rivoli. Dann zeigte sie auf die prachtvollen Gebäude, und gab einen kleinen Einblick, was es alles darin zu sehen gäbe. Aber, so fügte sie hinzu, dafür sei beim nächsten Besuch vielleicht mehr Zeit, um in die Ausstellungen zu gehen. Die drei wandten sich dem Ufer der Seine zu, als sie von einem Versehrten angesprochen wurden. Er hielt ihnen eine Blechbüchse entgegen. Inge fragte Willi: „Will er Geld?" Noch bevor er antworten konnte, spuckte der Mann vor Willis Schuhe und sagte verächtlich „Allemand" .

Noch lange Zeit danach, sie waren längst wieder mit dem Auto unterwegs, beschäftigte sich Inge in Gedanken mit dem Erlebten.

Am Abend berichteten sie Peter von alle dem, was sie erlebt und gesehen hatten. Für Inge war es so viel, dass sie nicht mehr die richtige

Reihenfolge wusste, wann sie was gesehen hatten. Sie machten auf der kleinen Rundreise Station am Arc de Triomphe du Carrausel, bestaunten die Universitätsgebäude der Sorbonne und standen natürlich auch vor dem Eiffelturm. Inge und Willi hatten die Köpfe nach hinten gelegt und sahen von unten nach oben auf den 300 Meter hohen Stahlturm. Sie bestaunten den Élysée-Palast, ein besonders schönes Bauwerk, das einmal eine berühmte Besitzerin hatte. Im Jahr 1753, das wusste Olga ganz genau, hatte die Marquise de Pompadour den Palast gekauft und umgestalten lassen. Inge hatte den Namen noch nie gehört, aber sie erfuhr nun, dass sie die Mätresse des französischen Königs Ludwig XV war. Mit dem unbekannten Wort konnte sie nichts anfangen, deshalb erklärte Willi, sie sei die Geliebte des Königs gewesen. „Oh wie schön das klingt, dann bin ich ja auch deine Mätresse, mein Liebster." Alle mussten lachen und Olga klärte die junge Frau über die wirkliche Bedeutung auf. Dann legte sie ihren Arm um Inges Schulter, zog sie an sich und sagte: „Ach Inge, Du bist so rein und liebevoll. Lass Dich nie verbiegen und bleib so. Es ist so schön, dass Du mit Willi hier bist."

Für den neuen Tag waren geschäftlich Treffen für Willi geplant. Er sollte mit Peters Geschäftspartnern und Freunden sprechen. Für Olga war es eine gute Gelegenheit, etwas allein mit Inge zu unternehmen. Sie wollte in verschiedenen Geschäften nach neuen Modeartikeln schauen und bei Gefallen auch kaufen. Kurz bevor Inge und Willi ins Bett gingen, gab er ihr noch Geld. Sie staunte über die große Summe, aber Willi küsste sie nur auf den Mund und sagte: „Wenn du meine Mätresse wärst, würde das reichen. Aber du bist meine geliebte Frau, und dafür ist es tausendfach zu wenig.

Auf der Einkaufstour der beiden Frauen gab es immer wieder Neues zu bestaunen. Inge musste lachen, als sie sich eine Handtasche betrachtete und ihre Begleiterin darauf deutend sagte: „Das ist eine Pompadour." Diese beutelartige Damenhandtasche, die mit Zugschnüren verschlossen wurde, war mit feinsten Blütenmustern bestickt. Inge wünschte sich diese kleine Kostbarkeit, aber was würde Willi dazu sagen? Als sie das Stück wieder auf den Tisch legte, griff Olga zu und fragte die Verkäuferin: „Haben sie davon noch eine genau gleiche?" „Einen Moment, Madame" und schon verschwand sie im hinteren Teil des Geschäftes. Kurz darauf kam sie wieder, das identische Stück hoch haltend. „Dann kaufe ich beide. Wir nehmen sie auch gleich so in die Hand. Hier Inge, jetzt sind wir fast wie Schwestern!" Inge konnte kaum glauben, was eben geschehen war.

Sie waren bereits wieder auf der Straße als sie fragen musste, warum alle hier zu ihr so lieb wären. Olga blieb stehen und zog sie ganz dicht vor sich heran. Dann sagte sie eindringlich: „Inge, Du bist etwas ganz besonderes. Wenn du da bist, dann blühen die Blumen noch schöner und die Sonne strahlt heller. Du gibst so viel Liebe weiter, einfach weil es dich gibt. Ich wünschte, Ihr könntet bei uns bleiben. Ich würde euch beiden das halbe Haus schenken. Gott muss euch, dich und deinen Willi, besonders lieben." Inge war sprachlos aber auch von tiefen Glücksgefühlen überwältigt.

Für Willi gab es viel zu erklären, als er im Kreis der interessierten Geschäftsleute über die „Sächsischen Tuchfabriken Schreiter" sprach und die vielen Muster und Fertigartikel präsentierte. Die Verhandlungen wurden nur von den Mahlzeiten unterbrochen, dann saß man wieder zusammen, um Möglichkeiten und Konditionen auszuloten. Es war spät, als Willi mit seinem Gastgeber nach Hause kam. Die beiden saßen noch mit einem Glas Wein im Sessel. Im Haus war es still, und so sprachen sie besonders leise. Peter erzählte von seiner russischen Heimat, und dass er immer wieder Heimweh hätte. Er hatte sich sogar für seinen Garten eine russische Birke und russische Erde besorgt. Aber in die bestehenden Machtverhältnisse konnte er nicht zurück gehen. Die Bolschewiki wurden gehasst, und sie reagierten darauf mit ungewöhnlicher Brutalität. Wer sich nicht beugte, wurde erschossen, bestenfalls nach Sibirien verbannt. Bei seinem Erzählen hatte der sonst so resolute Mann Tränen in den Augen. Dann hob er noch einmal sein Glas hoch und sagte: „Gott schütze Mütterchen Russland."

Als Willi das Schlafzimmer betrat, stand er noch eine ganze Zeit am Fenster. Die Traurigkeit seines Gastgebers hatte auch ihn erfasst. Dann wandte er sich zum Bett und legte sich zu seiner Frau. Sie reagiert darauf und legte im Halbschlaf eine Hand auf seine Brust, schmiegte sich in seine Achselhöhle, und schlief weiter.

Die nächsten beiden Tage waren angefüllt mit Gesprächen, Sondierungen der Möglichkeiten für Geschäftsverbindungen und konkreten Verträgen. Ein interessanter Markt hatte sich völlig unerwartet aufgetan, als sich ein spanischer Geschäftsmann in die laufenden Verhandlungen einreihte. Auch ein Italiener, der von Paris aus, seine Heimat mit Gebrauchsgütern belieferte, war an konkreten Vereinbarungen interessiert.

An den Abenden wurde es in den zwei Tagen besonders spät, und so saßen nur Willi und sein russischer Freund allein bei einem Glas Wein. Dafür konnte er sich am Morgen Zeit lassen, um mit seiner Inge zu reden, sie zu lieben und ihr zuzuhören, wenn sie von den Erlebnissen des Vortages berichtete.

Viel zu schnell vergingen die Tage in Paris. Inge hatte vieles gesehen, was sie beeindruckte und Freude machte. Der Tag der Abreise war da. Viele Tränen flossen bei den Frauen. Sie hatten sich als Freundinnen gefunden und teilten gemeinsame Interessen. Sie wünschten sich gegenseitig alles Gute und versprachen, bald einen Brief zu schreiben. Bei aller Wehmut bei der Verabschiedung von Peter und

Olga, freute sich Inge aber schon sehr auf ihre eigene kleine Welt in Trona. Sie wollte allen berichten, was sich in den letzten Tagen ereignet hatte. Vor allem aber freute sie sich, bald die Familie in die Arme nehmen zu können. Peter brachte die beiden zum Zug auf dem gleichen Bahnhof, auf dem sie angekommen waren. Unvergessliche Tage waren vorbei. Ob man sich wiedersehen würde?

Es würde sehr spät werden, an diesem dritten Juli. Willi hatte am Vorabend noch von Paris aus mit Aaron telefoniert. Er wusste, dass der sie vom Bahnhof der Großstadt abholen lassen würde, so mussten sie nicht vom Expresszug in die Vorortbahn umsteigen. Dadurch verringerte sich enorm die Reisezeit. Inge war durch die gleichmäßigen Geräusche der Räder und die leicht schwankenden Bewegungen des Zuges eingeschlafen. Sie lehnte mit ihrem Kopf an Willis Schulter. Er sah gedankenverloren aus dem Fenster. Draußen huschten Bäume und Felder, Bauernhäuser und kleine Ortschaften vorbei, der Zug hielt nur in größeren Städten. Willi dachte an die Begegnungen der letzten Tage. Im Haus der Karpows hatten er und seine Inge sich so wohl gefühlt, fast so, wie in einem eigenen

Zuhause. Er wusste zu schätzen, dass er neue Freundschaften schließen konnte. Aufmerksam hatte er mit Peter die politischen und wirtschaftlichen Ereignisse in Amerika verfolgt. Aber sie waren sich in der Beurteilung darüber einig, dass das keine Auswirkungen auf ihre Pläne hätte. Dann endlich fuhr der Zug in den großen Bahnhof ein. Am Ende des Bahnsteigs, das Bahnhofsgebäude war quer zu den Gleisenden errichtet, stand schon ein Kraftfahrer, gut erkennbar an seiner uniformartigen Jacke und der Schirmmütze auf dem Kopf. Er kam auf Willi und Inge zu, begrüßte sie und winkte einem Gepäckträger. Der schulterte sich den großen Koffer und ging voraus zu dem Platz, den der Fahrer genannt hatte. Willi wollte den Korb aufnehmen, der für die Rückfahrt von Karpows reich gefüllt war, aber der Kraftfahrer nahm ihn einfach aus Willis Hand. Dann gingen sie zum Auto. In einer guten Stunde würden sie in Trona sein.

Die Ankunft und Begrüßung zu Hause war herzlich und liebevoll. Es wurde umarmt und geküsst, und das Gepäck abgestellt. Der große gefüllte Korb stand wenig später schon auf dem großen Tisch. Alle freuten sich über die Köstlichkeiten, die Inge nun auspackte.

Es waren Sachen dabei, die sie noch nicht kannten, wie die Gänseleberpastete oder das lange, dünne Weißbrot. Auch Olivenöl und Paprikapaste, eine Schinkenkeule, die eigentlich aus Spanien kam, und französischer Rotwein wurden ausgepackt. Anna legte noch ein Schneidebrett auf den Tisch, als Inge den Korb nach unten gestellt hatte, und holte eine Schlackwurst und Butter. Ein großer, frischer und noch warmer Brotlaib lag nun für alle greifbar da. Das anschließende gemeinsame Essen verlief fröhlich und dauerte wesentlich länger, als die Mahlzeiten sonst üblich waren. Aber es gab ja auch viel zu viel zu erzählen.

Nach dem Essen bestaunte Willi die Baufortschritte. In nur einer Woche war so viel geschafft worden wie es nicht zu erwarten war. Ernst berichtete, dass zu den beiden Männern aus der Firma noch drei Fachkräfte gekommen waren, um den Baufortschritt zu beschleunigen. Aaron, der beste Freund der ganzen Familie, war selbst immer wieder gekommen, um nach dem Rechten zu sehen. Er wollte seinen Freund unbedingt unterstützen, der ja in seinem Auftrag in Paris war, deshalb hatte er zusätzlich Hilfe auf den Bau gesandt. Ernst wurde deutlich entlastet und konnte sich ganz der Hofarbeit widmen.

Die neue Woche begann und Willi erstattete in der Direktorenrunde ausführlich Bericht. Er legte eine Mappe mit unterzeichneten Vereinbarungen und Verträgen auf den Tisch. Alle klopften anerkennend mit den Knöcheln ihrer Hände auf die Tischplatte. Die Umsetzung und Auftragserfüllung wurden nun den jeweiligen Bereichen zugeordnet. Auch wenn der Seniorchef mit am Tisch saß, leitete Aaron die Sitzungen. Seine Anordnungen wurden widerspruchslos akzeptiert und durchgeführt.

Während es für Willi in der Firmenleitung viel zu tun gab, waren die Baufortschritte zu Hause enorm. Inzwischen war wieder ein Monat vergangen und die Feldarbeit in vollem Gange. Die Nachbarn halfen mit, die Ernte einzubringen, denn Fritz war fast nur noch mit dem Bau beschäftigt.

Inge wusste nun ganz sicher, dass sie ein Kind in sich trug. Mit Anna hatte sie lange darüber gesprochen. Die Frauen verstanden sich wirklich gut, da war natürlich auch Lina mit eingeschlossen. Erwartungsvoll hatten sie einen möglichen Geburtstermin errechnet, es könnte der März im nächsten Jahr sein.

Der An- und Ausbau war fertig. Die einzelnen neuen Zimmer waren verputzt und weiß gestrichen. Ein Elektriker legte noch die letzten Leitungen. Es gab nun überall im Haus elektrische Lampen und eine Steckdose. Wenn man ein Zimmer betrat, konnte rechts neben dem Türpfosten ein Drehschalter betätigt werden, und helles Licht beleuchtete den ganzen Raum. Der Dachausbau hatte am längsten gedauert. Die vormals kleinen Dachluken waren durch größere Fenster ersetzt. Nun gab es genug Tageslicht in dem Wohnbereich, den Willi mit Inge bewohnen würde. Um zu ihrer Wohnung zu gelangen ging man durch den unteren Hausflur und dann eine Treppe hinauf. Oben waren ein kleines Podest und die Eingangstür zur Wohnung. Das Haus hatte ein ganz neues Gesicht bekommen. Innen befanden sich rechts vom Hausflur die Wohnung der Eltern Anna und Ernst. Man betrat zuerst eine große Wohnküche, in die ein neuer Küchenherd eingebaut wurde. Seine Rückseite ragte bis in die angrenzende Stube und war dort, mit Kacheln versehen, die Heizquelle für kalte Herbst- und Wintertage. Von der Stube hatte man Zugang zum Schlafzimmer. Alle Möbel fanden einen guten Platz in der Wohnung. Eine Ofenbank in der Stube lud zum Verweilen ein, und in der Küche gab es genügend Platz für alle an dem großen Tisch. Dort wurden auch jeden Morgen gemeinsam gefrühstückt und die Tagesaufgaben besprochen. Auch am Abend traf man sich, die Frauen mit Näh- oder Stopfarbeiten beschäftigt, um über alles zu reden, was es an Neuigkeiten in Trona gab. In der linken Haushälfte wohnten nun Fritz und Lina. Auch sie hatten die Küche ganz vorn angeordnet. Gegenüber der Eingangstür, quer zur Küche, befand sich das Schlafzimmer der beiden. An der rechten Küchenwand, genau in der Mitte, befand sich die Tür zur Stube. Von dort ging es in noch einen Raum, der vielleicht als Kinderzimmer geplant war. Das ganze obere Dachgeschoss bot genügend Platz für Willi und Inge. Er bewohnte den Teil des Hauses, der neu angebaut war, genau über der Wohnung von Fritz. Die Dachschrägen mit den freiliegenden Stützbalken schufen ein Gefühl von Geborgenheit. Inge hatte auch immer frische Blumen oder Zweige auf dem Küchentisch stehen. Neben der Küche waren die Stube und ein größeres Schlafzimmer. Von dort aus ging es noch in zwei kleinere Räume. Auf der anderen Seite des Dachbodens verschloss eine Tür den Bereich, der nicht ausgebaut war. Dort gab es Möglichkeiten, das abzulegen, was in den Wohnungen nicht gebraucht würde. Außerdem waren Wäscheleinen gespannt, um im langen Winter Wäsche trocknen zu können. Auch das Dach hatte neue Schieferplatten bekommen. Aus dem alten und recht kleinen Bauernhaus war ein schönes Zuhause für drei Familien entstanden. Ernst stand sehr oft abends im Halbdunkel im Hof und betrachtete dankbar sein kleines Reich. Er musste zurückdenken, wie schwer es damals nach dem Tod der Eltern war. Erst seine Anna hatte ihm neuen Lebensmut zurückgegeben. Tiefe Dankbarkeit stieg immer wieder in ihm hoch. Er fühlte sich vom lieben Gott reich beschenkt.

Das Jahr 1921 begann für Willi mit vielen betrieblichen Sorgen. Die Rezession in Amerika, die sich im letzten Jahr ausbreitete, dauerte immer noch an. Auch in Europa, vor allem in England und Frankreich, gab es einen enormen Rückgang in den Produktionen, was natürlich neue Arbeitslosigkeit nach sich zog. Deutschland blieb teilweise davon verschont, sicher durch die Nachkriegsinflation bedingt.

Das größte Problem des letzten Krieges neben der unzähligen Toten und Verwundeten war der enorme Kapitalbedarf. Alle am Krieg beteiligten Nationen hatten sich hoch verschuldet und hofften, die unvorstellbar hohen Kosten auf die Besiegten abwälzen zu können. Auch Deutschland hatte siegessicher auf eine Schuldenübernahme durch die Feinde gesetzt und hatte bereits zu Kriegsbeginn am 4. August 1914 den bis dahin gültigen Goldstandard aufgehoben. Das bedeutete, dass die Landeswährung nicht mehr durch Gold- oder Devisenreserven abgesichert war. Im Gegenteil, es wurde Papiergeld ohne Deckung ausgegeben. Auch für Kriegsanleihen und Schatzanweisungen, die die Bevölkerung zeichneten, gab es keine Sicherheit mehr. Die umlaufende Geldmenge hatte sich während des Krieges auf das Fünffache gesteigert.

Deutschland hatte den Krieg verloren, und stand nun vor fast unlösbaren Aufgaben. Die Kriegsschulden betrugen 154 Millionen Mark. Dazu kamen noch Reparationsforderungen der Alliierten und die nicht abschätzbaren Kriegsfolgelasten. Invaliden und Hinterbliebene mussten versorgt werden. Die Wiedereingliederung der heimkehrenden Soldaten in die Wirtschaft verlief nicht problemlos.

Noch 1919 hatte die damalige Regierung eine Reichsfinanzreform beschlossen, die neue und wesentlich höhere Steuereinnahmen vorsah. Um eine Staatspleite zu verhindern, wurden neue Kredite aufgenommen und neue Banknoten ausgegeben. Das Geld in den Händen der Leute, war nichts mehr wert. Die Lebenshaltungskosten in Deutschland waren innerhalb der letzten zwei Jahre auf das Zwanzigfache im Vergleich zur Vorkriegszeit angestiegen.

Besorgt waren Willi und Aaron auch über die politische Lage. Es gab ständig neue Protestwellen und Streiks. Erstaunlicherweise blieben die Sächsischen Tuchfabriken davon unberührt.

Auswirkungen auf die heimische Wirtschaft hatten auch die großen Gebietsabtretungen aufgrund des Versailler Vertrages. Deutschland verlor dadurch ein Siebtel seines Gebietes und ein Zehntel seiner Bevölkerung. Für die Wirtschaftlich wog dabei besonders stark der Verlust von einem Drittel seiner Kohlen- und drei Viertel seiner Erzvorkommen.

Im Januar einigten sich die Alliierten auf die Höhe der Reparationszahlungen. Deutschland wurde auferlegt, 226 Milliarden Goldmark zu zahlen, und das in 42 Jahresraten von zwei bis sechs Milliarden Mark. Dazu kamen noch hohe zusätzliche Forderungen. Nach massiven Protesten und einer militärischen Intervention der Alliierten wurde die Gesamtsumme auf 132 Milliarden reduziert.

Die ständig steigende Kostenflut belastete auch die Firmenfinanzen. Immer wieder mussten Aufträge und Planungen verschoben oder ausgesetzt werden. Aaron und Willi saßen oft bis in die Nacht zusammen und berieten das weitere Vorgehen.

Zuhause bahnte sich etwas an, was alle enorm herausfordern sollte. Ernst litt unter ständigem Husten. Er spürte immer mehr, wie seine Kräfte nachließen. Den Winter über war er kaum noch im Stall gewesen, saß vielmehr in der Stube still auf der Ofenbank. Wann immer sie konnte, saß Anna neben ihm und hielt still seine Hand. Das Atmen fiel ihm immer schwerer. Dann endlich war er bereit, den Doktor kommen zu lassen. Inge ging deshalb ins Dorf, um dem Arzt einen Hausbesuch anzumelden. So konnte Anna bei ihrem Mann bleiben.

Als der Arzt kam, untersuchte er sehr gründlich, verschrieb ein Medikament und kündigte den nächsten Hausbesuch für den übernächsten Tag an.

Am Abend saßen alle am Küchentisch, Ernst hatte sich schon in sein Bett gelegt. Er hatte leichtes Fieber und das Atmen bereitete ihm Mühe. Anna hatte Tränen in den Augen, als sie allen sagte, sie wüsste es in ihrem Inneren, dass ihr Ernst bald gehen würde. Die große Betroffenheit ließ alle verstummen. Willi und Inge setzten sich rechts und links neben die Mutter und hielten ihre Hände. Lange saßen sie, ganz in Gedanken versunken, bis Lina aufstand und sagte, dass sie sich um die Kühe, und Fritz um die Schweine kümmern würden. Die anderen sollten bei Mutter bleiben.

Die Zeit für die Geburt des Kindes von Inge und Willi rückte immer näher. Gleichzeitig verschlechterte sich der Gesundheitszustand des Vaters. Er schaffte es kaum noch, sich mit an den großen Tisch zu setzen. Es gab aber auch Tage, die für ihn nicht so schwer zu ertragen waren.

Er hatte es geschafft, mit Hilfe seiner Anna an den Tisch zu kommen. Sie hatte ihm um das Nachthemd ein wollenes Schultertuch gelegt. Die Beine umwickelte Anna mit einer Decke, und nun saß er warm umhüllt auf der Bank neben seiner Liebsten. Er hatte sich vorgenommen über alles zu reden und alles zu klären, was für seine Familie von Bedeutung war. So sprachen sie gemeinsam über die Zukunft auf dem Hof. Ernst musste nach mehreren Sätzen jeweils kurz innehalten, aber er schaffte es, seine ganzen Anliegen vorzutragen. Fritz sollte den Hof übernehmen. Willi hatte eine andere Lebensplanung, die eine Arbeit auf dem Hof nahezu ausschloss. Fritz sollte, wenn es die Ernten zuließen, einen jährlichen Betrag an Willi zahlen, so eine Art Pachtzins. Mutter würde ihr Leben auf dem Hof verbringen und hier alt werden. Ernst wandte sich noch einmal an Fritz und bat ihn, auf seine Anna aufzupassen und ihr nicht zu viel Arbeit zu überlassen. Dann schaute er auf Inge. Zu ihr sagte er: „Um dich sorge ich mich am wenigsten. Du bist das Beste, was unser Willi jemals hatte oder erreichen würde. Pass auf ihn auf. Er will oft zu viel leisten und könnte daran scheitern. Segnet mein Enkelkind, wenn es da ist. Zeigt ihm mein Bild dort an der Wand und bleibt bei Mutter.“

Willi weinte, als er seinen Vater so reden hörte. Ihm wurde jetzt erst schrecklich bewusst, dass ihre gemeinsame Zeit zu Ende ging. Bei aller Arbeit in der Firma hatte er den Gedanken an das Sterben seines Vaters weit weg geschoben. Aber jetzt und hier musste er sich der Realität stellen. Ernst bat Willi, zu ihm heranzukommen. Dann nahm er dessen Hand und sprach eindringlich mit seinem Sohn. „Willi, mein Junge, ich habe versucht, dir alles zu geben und zu ermöglichen, was dein Leben leichter machen würde. Dir gehört hier alles. Ich weiß, dass du bei Mutter bist und mit deiner Inge auch im Alter für sie sorgst. Mein Junge, lass nie zu, dass irgendetwas euren Zusammenhalt stört. Sei immer ein aufrichtiger Freund für Aaron und seine Familie. Vergiss nie, wo dein Zuhause ist. Sei deinen Kindern der Vater, der ich vielleicht nicht für dich sein konnte. Willi, sei gesegnet." Erschöpft lehnte sich Ernst zurück, umschlungen von den liebenden Armen seiner Anna. Willi weinte hemmungslos und ging aus dem Haus. Er musste jetzt ganz allein sein, um mit sich und der Situation klar zu kommen. Lange stand er am Zaun zum Garten, aufgestützt auf einen Eckpfosten. Dann fing er an, laut zu beten. „Gott, Du hast uns alle durch schwere Zeiten gebracht und behütet. Ich danke dir für meinen Vater. Er war der Beste für mich, und seine Fürsorge und Liebe werde ich tief in meinem Herzen bewahren. Hilf mir, auch meine eigene Familie zu behüten, wie Papa das mit mir gemacht hat. Ich will ihn nicht hergeben, aber er wird vielleicht bald sterben. Gott, ich wünsche mir, dass er noch sein Enkelkind sehen kann. Lass ihn noch so lange bei uns, aber nur, wenn er dadurch nicht noch mehr leiden muss." Willi wandte sich wieder dem Haus zu und ging noch einmal in das Schlafzimmer der Eltern. Anna saß am Bettrand und hielt die Hand von Ernst fest in ihrer. Als Willi näher trat, stand sie auf und verließ den Raum.

„Papa", sagte Willi, und als der ihn ansah, sprach er weiter, „ich danke dir für deine Liebe und Fürsorge. Ich verspreche dir, ich werde alles bewahren und erhalten, was du geschaffen hast. Um Mutter mach dir keine Sorgen. Sie hat hier ihr Zuhause, bei uns allen. Jetzt ruh dich aus, es war ja doch viel zu anstrengend für dich."

Heute war Mittwoch, der 16. März. Die letzten Tage standen unter einer bedrückenden Last, die alle spürten. Natürlich wurden alle Arbeiten erledigt, aber es war stiller geworden. Lina, die beim Kühe melken gerne sang, verrichtete stumm ihre Arbeit. Anna war nur noch um ihren Ernst bemüht, und Inge hatte sich immer wieder hinlegen müssen, denn in den letzten Wochen ihrer Schwangerschaft hatte sie oft Beschwerden. Der Rücken plagte sie, aber heute kam ein neuer Schmerz hinzu. Lina begleitete sie in ihr Bett und wenig später lief sie schon los, um die Hebamme zu holen. Sie kam allein zurück und sagte nur, sie sei allein nach Hause geschickt worden. Die Hebamme hatte erklärt, dass es mit der Geburt noch länger dauern würde. Aber sie solle keine Angst haben, sie käme rechtzeitig zu Anna.

Es war inzwischen dunkel und Willi saß unruhig neben seiner Inge auf dem Rand des Bettes. Er hielt ihre Hand, aber fühlte sich hilflos und unsicher. Ob alles in Ordnung sei, überlegte er. Und warum kommt die Hebamme nicht? Sollte er noch einmal zu ihr laufen und sie holen? Aber dann müsste er Inge allein lassen. Oder könnte Lina noch einmal los gehen?

Mitten in seinem Grübeln wurde die Tür geöffnet, und die Hebamme kam herein. „Guten Tag, Willi" sagte sie und gab ihm die Hand. Dann schaute sie prüfend in Inges Gesicht und sagte, „Na, Inge, es wird wohl noch etwas dauern. Aber ich bleib jetzt hier bei dir." Dann wandte sie sich um und schickte Willi nach draußen. Er sollte der Mutter Bescheid sagen, dass langsam warmes Wasser bereitet werden müsste. Sie wusste ja nicht, dass im Kessel des Waschhauses schon den ganzen Tag das Feuer geschürt wurde, und so viel warmes Wasser bereit stand, dass es bestimmt für drei Geburten reichen würde. Kurz nachdem Willi aus dem Zimmer ging, kam Anna mit Betttüchern, Handtüchern und einem Eimer mit warmen Wasser. Sie setzte sich zu Inge an das Kopfteil des Bettes, befeuchtete ein Tuch und strich damit zart über die Stirn der jungen Frau.

Anna konnte sich noch ganz genau an die Einzelheiten bei Willis Geburt erinnern. Bei ihr war alles damals sehr schnell gegangen. Aber Inges Kindchen wollte wohl noch nicht die Geborgenheit im Mutterbauch verlassen. Willi saß allein am großen Tisch. Fritz und seine Lina hatte er gebeten, ihn allein zu lassen. Sie verstanden ihn und verabschiedeten sich für die Nacht. Fritz klopfte dem nervösen Willi auf die Schulter, bevor er aus der Küche ging. Mehrmals hatte Willi noch nach seinem Vater gesehen, aber der schlief sehr ruhig, nicht so krampfhaft um Atem ringend, wie in den vergangenen Tagen und Nächten. Nun saß Willi wieder am Tisch, die Taschenuhr lag vor ihm auf der Tischplatte. Immer wieder nahm er sie in die Hand, ließ den Deckel aufklappen und schaute nach der Zeit. Die Minuten schienen nicht zu vergehen. Inzwischen war es schon weit nach Mitternacht. Der neue Tag, der 17. März war schon fast drei Stunden alt, als ein Kinderschreien im Haus zu hören war. Wie von Nadeln gestochen sprang Willi vom Stuhl auf und lief die Treppe nach oben. Die Mutter, die mit der Hebamme bei Inge geblieben war, wickelte gerade ein Kindchen in ein weiches Tuch, während die Hebamme sich noch um Inge kümmerte.

Willi stand mit tränennassen Augen im Schlafzimmer und betrachtete die ganze Szene. Anne legte nun das kleine Päckchen in Inges Arm, winkte Willi heran und schlug noch einmal das weiche Tuch auseinander. Dann zeigte sie auf das neugeborene Kind und sagte: „Kinder, ihr habt einen Sohn." „Und es ist alles dran. Er ist gesund, euer Junge." Fügte die Hebamme hinzu. Willi beugte sich über seine Inge und gab ihr einen langen, zärtlichen Kuss. „Danke, meine Liebste" flüsterte er, bevor ihn die Mutter hinaus schickte. Jetzt war für alle Ruhe angesagt. Die Hebamme ging, und Anna ließ ihre erschöpfte Schwiegertochter allein. Sie legte sich gleich im angrenzenden Wohnzimmer auf das Sofa. Sie wusste, das Willi den Rest der Nacht unten in der Nähe des Vaters bleiben würde.

Der Morgen des 17.März kam mit Sonnenschein und einem klaren Himmel. Willi hatte die Fenster weit geöffnet, vorher aber seine Inge, die das Baby im Arm hielt, fest zugedeckt. Er war glücklich und stand nur stumm vor seiner Frau. Dann setzte er sich auf den Bettrand und ergriff Inges Hand." Sie schaute ihm ins Gesicht und fragte: „Bist du glücklich, Liebster? Wie wollen wir ihn denn nennen, unseren schönen Sohn?" Beide überlegten, aber Willi fiel kein geeigneter Name ein. „Was denkst du über Werner?" wollte Inge wissen. Er nickte heftig und sagte: „Ja, das ist gut, er soll Werner heißen".

Am Abend des 18. März, nur einen Tag nach seiner Geburt wurde der kleine Junge in die Arme des Großvaters gelegt, der vor Rührung und Glück weinte. Auch Willi war bewegt. Hatte sich doch das Gebet erfüllt, was er vor Tagen in den Himmel gerufen hatte.

Ausblick

Nun war er da, der kleine Werner. Eine neue Epoche in der Familiengeschichte nahm ihren Anfang. Was würde alles auf die Menschen im Dorf Trona zukommen? In welche Richtung würde sich das Leben des kleinen Werner entwickeln? Und wie ging es weiter, mit dem zerbrechlichen Frieden in der unruhigen Welt? Ein spannender neuer Lebensabschnitt wartet auf die Familien im Dorf Trona. Wie es konkret weiter geht, erzählt der 2.Band von „Jahrhundert – Vier Generationen in Deutschland" mit dem Titel „Werner".

Zeitfracht Medien GmbH
Ferdinand-Jühlke-Straße 7
99095 Erfurt, Deutschland
produktsicherheit@kolibri360.de